B→ COMME BAROQU
巴洛克 ACROPOLI
ISBN978-986-95334-1-

字母會 B→巴洛克　衛城
初版一刷二〇一七年九月
下回預告●●　C→獨身

B COMME BAROQUE

目次

B如同「巴洛克」

B comme Baroque

楊凱麟

巴洛克

B

字母會

巴洛克的問題不在於怎麼結束，而是繼續如何可能？如何能去而復返與綿延不絕，像是隆盛的慶典，一切都過飽和、高負載與被增壓。臨界點上的亂針刺繡與鐘鼓齊鳴。

以文字、音符、鐵石或身體的極致動態所迫出的動靜快慢，世界被高度擠壓、凹摺、盤捲與堆疊最終收攏於它最緊緻高張的積體之中。巴洛克是在限定的方圓中必有推演至極的表現，是媒材的究極戲劇與力量的高張自由。

一切無非是力量的慶典。

波赫士在自己的詩集自序寫著：「作家的命運是很奇特的。開頭往往是巴洛克式，愛虛榮的巴洛克式，多年後，如果吉星高照，他有可能達到的不是簡單（簡單算不了什麼），而是謙遜隱蔽的複雜性。」這句話或許也應該是巴洛克式的，意思是巴洛克原來有二種，愛虛榮的與謙遜隱蔽的，然而都不免皆是極致想像的藝術，如同體操選手於重力拉扯的高速彈升與下墜中必須操演旋轉與摺曲的無限性。即使謙遜隱蔽還是可能失速貫落。這是作家的命運，深深地繫於力量的安那其動員與魔性的全面啟動。

繼續越界與繼續轉向，像是竄走於迷宮的深處，萊布尼茲花園中的每一片葉脈都仍然是一座花園，在每一越界與每一轉向中還隱匿更多越界與更多轉向。巴洛克其實不屬於任何形式，層層疊疊的摺曲亦抹消了可能的中心，充盈著嶄新光線與色彩的世界無形式地創生於巴洛克的持續運動中。

巴洛克是豐腴的必要，人世的無盡曲折與全新凝視。

儘管世界一逕如是，但是只要能無限地摺曲表現的材料，我們便得以隱身於巴洛克的許諾中：在看與說的創新體制中繼續觀看與繼續思考。

創新來自差異與改變，巴洛克卻是幻變的推向永恆。塌陷、捲縮與收束在任一時刻任一地點（同時也弔詭地必然是此時此地）的幻影迷宮。迷宮的無所不在與無所不是，迷宮中的迷宮，或，沒有什麼是迷宮但迷宮卻無所不在。是這樣波赫士的巴洛克。

在文字或任何材料的內裡拓樸地凹摺、坎陷與增生出如此巨大之森的域內，巴洛克是全景敞視的不可能、透明的不可能、靜止與沉重的不可能。強悍的文字壘壘構成純然擘劃在紙面上的虛構壇城，以最小單子塞擠著最巨大宇宙，書寫成為一種複雜無比的反擴延運動，紙張表面上無向量強度的筆觸彙聚。

巴洛克以一種過度的能量就地凹陷成字的迷宮，文學成為豐饒語言造就的雷池，與此雷池的即刻越界。

巴洛克

Baroque

童偉格

巴洛克

B

字母會

親愛的眼鏡行：島嶼北面，冬日的冷雨，總使我錯亂想起一些事。我記得，與收到您來信的節候相仿，亦是在初冬將抵時，猶是小學生的我們，一起去探望一位同學。這位同學病了，所以離家出走好幾天；或者相反：因為離家出走好幾天，所以人人皆想是病了。他走上山，走進昔日礦區，一間人畜皆撤的空屋裡。他像貓，在空屋登高，結果從三樓地板的一個破洞跌落二樓，摔斷了雙腿。那幾天，在二樓，他獨自在無天無地中爬行，臭氣烘烘爬出了一個自我的世界。每天傍晚，蝙蝠從礦區更內裡的空洞飛出，夜暗時，再次將他遺落原地。那是我初始記得的，最逸離一切生靈的孤絕者。我不無遺憾，當時的我，沒有能力問他一些，日後將困擾我的問題。兒時的我，自然是連傾聽都不會的。

在我記憶最前緣，亦是初冬將抵時，小學甫開學，每天清早，當我們穿過細雨到校，老師總已候在教室裡，等著一一抓過我們，點上砂眼藥膏。每節下課，我就這麼張著黏著雙眼，走過泥濘操場，走過跳遠場和盪鞦韆所在，鑽進司令臺後方樹叢裡，去良久蹲看一窩蟻丘。高腳螞蟻在潮溼壤粒間奔忙；同學們的嬉鬧在樹叢外；更遠處，鐘聲在校園另一頭，由公廁旁，校工室裡的電子心臟由衷發響，淡淡向河谷上，一帶連峰的山霧裡散去。偶爾，從葉隙墜下的雨滴，會滴進我衣領內，一陣冰涼，提醒我自身的存有。除此之外，世界與我隔得曠遠，在我眼裡，只有奔忙的蟻群。其實，多年後我已不能記憶，兒時自己在執著張著病眼，一日日觀察蟻路時，都在心中想些什麼。我能記憶的，是這般泰半不能由己的靜默陷溺，所給自己帶來的舒心自適。多年後我猜想，這必是我個人癲瘋之源，此外無他了。

您來信，說您想念我，祝我生日快樂，盼望我抽空回去看看，領取我的生日禮物。這信，讓對著空蕩信箱的我，潸然淚下。我無比銘感，不只因為這些親切話語，是列印在明信片上頭的，那引我想像，它們如何被公然傳遞過一些街巷，像歡樂的分身，像蟻群裡的一隻小螞蟻，複製自您電腦裡的一方檔案。其實，我不值得您這麼耗能，這麼自我分裂，卻同體大愛地寄存。我銘感，還因為這些話語，真切就像它們實際看來那樣，坦坦率率進入我薄弱的心裡面了。也許，比用限時掛號寄來的告白信更悠長，比寫在便利貼上的分手函更情深，這明信問訊，實在已是如今我能承擔，且知道該如何應對的惟一一種指名了。此所以，我要謝謝您精準的對待。此所以，當您問我，過往這年過得如何時，我覺得自己有義務，且已重獲意願與能力，要來奮勇回覆您了。

案前此刻，我思量著，猶豫著，是該將自己近況長長說呢，還是短短寫為好。我不確定，關於我近況的細節描述，和概括總結，哪個，會比較不像廢話，有忝您的親閱。其實因為過往這些年，對我而言，和過往更多年並無不同。認真說來，會有點窘：人生裡，也許是絕好的十年，我獨自往返，騎在這同一條路上。有時當然天晴，風灌進安全帽，撐大我的頭，像終於要把我弄得聰明些。有時，不意外也會下著暴雨，我就納悶起如此多年來，我竟笨到找不著一件合身雨衣，於是當我護住臉面，滾地而來的雨就浸漬我小腿，泡爛我的鞋，使我在終於停車，重新著路行走時，會啪噠啪噠，唐老鴨一般，在光潔門廳，與他人辛苦掃拖的走廊上，留下一道令我尷尬的溼腳印。您就請想像這道溼腳印吧。請您想像，除此之外，對我而言，大多數日子，就這麼老老實實，特徵全無，消失在這堪稱太平十年裡，難以記憶的某一處了。這太平難以追想，卻為我指明一件事：果然世上，最難以破解的迷宮，就是盲眼詩人所說的那種，只由一條直線構成的迷宮。

一種每次折返回原點，轉身再次出發後，都只能追及原有路途之一半的迷宮。您願意的話，就請將這，想像成變態版的芝諾現象好了：因為迷宮並無歧途，真正出口無可追及，所以，一個人受困在快捷而無限的微分裡，慢速耗竭。有時我猜想，一天天，在總可比昨天更耗弱的有生年頭裡，迷宮，就是那種無限摺疊縮小了，卻總可比尚能回身的自己，寬上那麼一些些的東西。我有時，這麼想像我往返的這條路，我以為，那就是當我回望自己製造的溼腳印，猜想它們將從遠至近，一個個依序風乾，如道途隱沒，直追到我眼前時，令我呀然的永不抵達。親愛的眼鏡行，時常就我所見，迷宮且也這麼無所不在，無一不是且無窮無盡：門廳，走廊，這件袒露我腳脛的萬年雨衣，如您這般的善意，它們皆包容我，皆將永遠比我寬上一些些；因此就我所見，我卑微的迷途實不值一哂。

因此，描述或總結，您就請想像我已適切地，跟您報告過我近況了吧。請您想像，我已還贈您賜予我的坦率話語，已充分向您說明，在過往這段尚可無限微分的龜行日子裡，在我心中，在我腦裡，時常也就像有兩種決然矛盾的力能，在一逐日窄化的場域裡爭鬥與逐殺。一個鈍重凝滯，卻領先前瞻，如橫亙巨石，如我必須奮勇推進的將來；另一個迅猛如焚，命定令人扼腕地撲空，卻如此橫暴，耗蝕我身後一切路程，將我不是時常能順利讓渡的灼熱空無，無盡貼近我吸息與心背。大約因此，我難以成眠。灼熱或冰凍，無眠，在與長夜逕久對視，格外覺得一切話語皆遠離我，或我確已無能復原，或析理任何話語伊時，我多想夢見一個紛歧多岔，卻格外華美的自明世界；一個不以迷宮樣態，包容穿戴層層迷宮之我的世界。當然那不可能，因那亦是一簡單到無可超克的悖論：您已知，如我自知，是什麼最卑微的核心，觀望出去，瞬間肇啟了環墟般的迷宮。

親愛的眼鏡行，有幾回，我想像我真能寫完這封敬覆給您的回信，長夜，這樣預想不知為何，總令我深感幸福。長夜，我摘下勞您修復的眼鏡，看天色朦朧貼窗，調和，或簡慢侵蝕一室竟夜的人造光影。一天天，我猜想詩人的學習，從希臘人所言，從所有過早正確的話語，直到終爾目盲的晚年。我總猜想，還有多少關於人生全景的假說，可以讓一個人用以為中介，調和，或漫長抵禦自我心中，最冷與最熱的無盡傾問。所以，我再次回到原點來了，仍在思量著，該如何開始這封信。這實在窘。其實，當您問我近況，我簡直該答：我很好。如我現在醒來，猶能執筆，寫下一些夾纏字句那樣安好；如人們總用當下感受，來說明，或預感之前此後一切那樣順當。

只是，當我閉眼，再次察覺駑鈍的我，仍獨自坐對同一總結的無盡細節差異時，我不無尷尬，卻仍不禁好奇，想問：您必定，也曾遭逢這樣的無由時刻吧？某個，比方說，某個罕有人跡的尋常午後，在您面朝大街的店頭，當您坐在玻璃櫃檯後，靜看四壁鏡面反映天燈，展示用鏡架，瓶罐隱形藥水，以及無數個您，在一室光的收受往返伊時；當您右望，看門透出窄仄內室裡，一張驗光用類手術椅，左望，看另一門，沉緩雨中道路伊時，我的意思是，在尋常的安靜裡，在恍如無盡的洞穿或阻隔，無盡堆藏與空曠中，必定有過那樣一個無由時刻，您自覺腦裡，或心中一個也許險要的零件，就此簡單停擺了吧？

我的問題太長了。我其實想向您說明的是，案前此刻，在這午夜，今冬首陣冷雨，已在屋外敲窗，貼視，如期抵達我跟前了。這多少令我有些害怕，這準時的鋒面前緣。對我而言，最艱難的是，那並非抽象的預感，只是，永遠只能是再簡單不過了的具體感受：在一室堆藏與空曠裡，也許，一如您曾遭逢過的那樣，我感覺氣溫正一刻一刻，順時低降與冷凝。我也許，早已自知在這竟夜，竟日，甚且必將延續竟月與竟季的冬雨中，當我一人鼓盡餘勇再次穿行時，將最熟稔的所知所感。就請煩擾您，再和我一同溫習那樣的雨吧。請您想像，我披著這萬年雨衣，在走廊上，背倚牆面，看這般冷雨，靜靜下在城市邊陲，這片由房舍圈起的中庭裡。尋常中庭：有樹，草地，鐵寒桌椅，被屋簷框限住的一方天空。矩形天色，鉛灰暗湧，仰望時，總也同時像在俯眺海面般令人暈眩。只偶爾，有來自近處溼地的棲鳥，群陣翦過雨雲底層，以零落動線，為我落定遠處方位；為我輕緩某種將要騰空飛起，或倒頭墜落的無由預感。

我屏息，探望這下得極緩極慢的雨，綿綿密密，一絲一點，將光牽墜進這井中地面，讓一切人為擺置與自在生息，皆在沉寒裡漂散，皆在失所依據中停擺。再一次，對我而言，眼前方寸之地，遍漫了半顆孤星的偏執，原該再熟稔不過的事景，簡單廢黜了我的理解與掌握。親愛的眼鏡行，有幾回，我坐對方寸信紙，預想，我終能穿過這些停擺或漂散，抵達那朦朧且自證，已無可由我再去抒發什麼的幸福。我盼望，也打算著，再一次，在抵禦過這陣鋒面的逆襲後，我終能用最簡單的字句，清楚言明這樣的簡單時刻，不至於任您如我，迷失在或有深意的同語反覆裡。我但望，我終能坦誠解明，這一如今就我所知，在我餘生裡將定期回返的困頓，事實上，並無任何浪漫的成分，或深邃的啟示。也許，正好相反：這樣的時刻，有的只是情感的褫奪，單純而直接，對我而言。

我但望我能描摩，這樣的困頓，與我所知所感的究竟是什麼。我猜想，這不是心神的在場，亦不是心神的疏離，但也許兩者皆是；也許，只是一種更頻繁的心神固著，如我記憶中，蟻群崇動的成路。這是距離感的錯亂，也是冷熱感的錯亂。這是一切的錯亂：當我看冬雨漫漶成光，看光牽墜冬日溫度，來到我面前，我像也看見冬日自身，冷藏所有被光及身的擺置與生息。所以這是真的，對我而言，在這冬日中庭，這顆渾圓雨珠沿屋簷，沿葉脈，沿椅面的鐵條沉緩下滑；這顆飽滿的透明水珠，它既反映雨中的一切，它自身，亦已即是一切。它們抽乾了空氣，讓一切皆曠遠；這些盈亮的水珠，如運行中的星體，讓它們自身以外一切，皆陷落在安靜而背光的虛空裡。在我眼前，它們帶起這片我熟稔的尋常中庭，命它旋轉，以弧線運行，彼此錯落指向重力的來處，那連光都遁逃不得的幽深闃黑。此所以，我只能屏息，靜待一陣陣冰冷的流向，如宇宙焚風，空無讓渡過我。親愛的眼鏡行，再一次，在這午夜，當我看鋒面前緣夾帶冷雨，筆直下在我眼前時，隔窗，我其實已能預見，這將再次癱瘓我話語的灼熱與大寒。是這樣的預感，讓我猶能記起的一切，皆在沉默中癲瘋。它讓我在無痛的痲木中，像要親手砌造那終極迷宮般，催促自己管窺向個人記憶最前緣；以生而為人該當的努力，嘗試理解這無由時刻的因由。這樣的癲瘋從何而來？有幾回，我向自己心中，向自己腦裡去傾問。那想必是在極早之前，在記憶中，在與此相仿的，總下著細雨的清冷冬日裡。那必定，是在我泰半不能由己的靜默陷溺，與泰半打自心底，想抗逆任何強迫療程的舒心自適裡。我曾只獨有這些，此外無他了。

像盲眼詩人所寫的，我的「阿萊夫」。親愛的眼鏡行，我想起某個冬日，亦是下著相仿冷雨時，在那個軍營，我臥倒靶場，準備試瞄練射。我無能阻止一位坐我臥倒處，我始終沒能看清臉面的教育班長，用他手中令旗棍，敲木魚一樣，一下一下敲我頭。當然，我是戴著鋼盔的，所以其實無傷；您願意的話，也可將這想成是親善的表示。奇怪的是，這麼多年過去，我自然讀過許多人類歷史中真正嚴重的身體苦刑，更多對我個人的不致命輕侮，我亦皆可不掛心上了，卻不知為何，我總對這位班長所敲的節奏記憶猶新，每逢冬雨就會想起。像是他把一些隨意的聲音，恆久而痛苦地種進我腦裡了。我不知道，他何以具有此種能力，或者，我何以要徒然記憶這些。我想著：就差一點點，當時我多想站起身來，用我手中的槍，殺掉眼前這個我不知臉面的人。在我不是時常能自我寬釋的心中，這些伴隨冬雨襲捲而來的，一點一滴的偏執，皆提醒我，我病了。

此所以，我思量著這封信，私心預想著我終能完成什麼的幸福，然而，我亦深悉，在我腦中，不斷修改這封信的目的，恐怕，是為了阻止我自己，真在一個下著冷雨的冬日，真的去到您那充滿玻璃鏡像的店頭，與您重逢，提領我的生日禮物。您可能不知道，但初次前去時我就明白了：您那安靜的小店，那張驗光用類手術椅，以及善於傾聽的您，多麼容易使人鬆懈。我恐怕我一時不察，說得過多。我恐怕再去時，我會再次想起我的小學教室，想起教室後方，那具消毒棉花片的小巧蒸氣箱。老師是城市人，多年後我想來，一位剛出師範校門的城市女孩。她遠離家人朋友，一個人住在有蝙蝠爬蟲，夏夜裡，蛙鳴如雷響的荒山校舍裡。她好早起，只為了打開蒸氣箱，讓我們排好隊，一手拿一片棉花。我們這就回座，由她一一點完砂眼藥膏後，我們就閉眼，仰頭，將溼熱棉花壓在眼皮上，等候熱度，將藥膏融進眼周。

那是一些非常安靜的時刻。那當然，亦是一些過於和暖的時刻。和暖到，多年後，我竟不能記憶老師何時轉走，那樣的療程何時結束，而我們，包括我和我那病了的同學，是否皆該稱是痊癒了。和暖到，坐在您的驗光用類手術椅上，當我等候您來修復我目光時，我還會想起那些眼覆熱度的目盲時刻。我以為惟有這時，世界與我才是和好的：它的壞毀與我的壞毀，各自不相干了。我恐怕我一時不察，說出更多相仿於此的個人妄念。我恐怕在我心中，會不由得生出這樣的念頭，盼望當我攜帶一身錯亂話語，再去造訪您時，我會像病毒一樣，僅憑聲息，就將您寄存眾人生日的檔案給毀損了。

其實，我該當正直請求您，向您說明：生日如冬雨，如鋒面前緣，於我亦是時間的刻痕，它們催促我向老，以提醒我，記憶正在隱沒向我的方式。對這樣薄弱的我而言，過往，當然頂好是一條逐步向我隱沒而來的路，為我一人而設的迷宮，而這於我，是最不需要歡慶的事了。所以，以明信還覆明信，我猜想，我終會回信，請求您：取消我，取消任何形式的，對我的寄存。這是我最想向您說明的事了。親愛的眼鏡行，是這樣，所以我只能再次回到原點來了：我對我個人沒有期望，而這正是無解的問題所在。因為在為我而設的迷宮中，那惟一路徑我已知悉。因為凡我猶能寄存的，我都徒然明瞭了。

巴洛克

Baroque

黃錦樹

巴洛克

B

字母會

早在遠洋輪毛里塔尼亞號預定抵達馬六甲海峽的前三個小時，海峽殖民地政府即在新加坡笠巴港口埋伏了三百多名士兵、警察、便衣、特務，多半偽裝成等待旅人的家屬。為了讓場面看起來逼真些，好些便裝女兵、辜卡兵還從親戚那裡借來小孩，嘻嘻鬧鬧的，還追著球或玩著風車。

這是最後的機會了。

海風格外黏稠，海鷗悽厲。某處山頭上的寺廟噹噹噹噹地敲響了鐘，火燒雲，好似某處大森林著火了似的。

他們一直等到天黑船還沒到，已經遲到好幾個小時了。但港務局聯絡船長，船長卻說一切正常，會準時抵達。少數敏感的人發現時間好像變慢了，不論是鐘還是錶，每秒每分都顯著遲疑。

兩週前船停泊印度時，大英帝國即已派遣多位駐在當地的特務精銳登船，以為可以一舉將他擄獲。不知怎的一直沒有稍微像樣的消息回報。如果成功的話，早就給德里拍電報了；即使失敗，也該發個訊息。說完全沒有消息也不準確，在各站都有精銳發回電報，也許過於匆促，都只是蛛絲馬跡。印度那裡發出的只是個字母b，如果說是b計畫，b計畫不是撤離嗎？但怎不見他們撤離？

但那些幹員都沒再出現，也別無訊息。這種死寂的情況，總部研判是凶多吉少，一般而言是全軍覆沒，來不及再發出任何訊息。這讓軍情六處大為震驚，派遣了多位高手，在船短暫的停留檳榔嶼時登船，但情況和在印度時類似；傳出來的是bir，是鞭打（birch）嗎？接著是馬六甲，也一樣好似什麼事都沒發生。只傳出ds，更不知是字頭還是字的屁股。內部的密碼專家把這一切片斷的訊息組合起來，研判應該是這一個常用字：「birds」。但為什麼呢？那一帶鳥特別多嗎？還是它象徵什麼？是說那人像鳥那樣會飛嗎？

因此情況變得相當緊急，如果那人已經逃進馬來半島陰森稠密的雨林，只怕就更麻煩了。由於駐紮在各碼頭的探子都回報說，沒看到疑似那人下船，那種船上三等艙旅客有色人種有時達數百人，頭等二等艙就少了，不過是幾個華人、印度人、阿拉伯人，都是富裕的紳士。然而各碼頭加起來還是有二十七個可疑的男人被留置，歷經徹底的搜身、嚴厲的審問，十七個苦力，五個商人，三個小學教師，兩個小偷，都沒什麼嫌疑。有關方面因而研判他應該還在船上。

但那船不知為何遲遲不離開馬六甲港口，好似被淤積的底泥給牢牢吸住了。

因而總督親自拍板定案，準備把他困在星島，好來個甕中抓鱉。

半年前船離開利物浦時，軍情處就已掌握相當準確的情報，掌握了那人的姓名、長相、衣著、化名，公開使用的身分資料等（都是多數，他的生平像是一本故事集。甚至性別、種族、身高也都不是那麼確定，有時姓馬，有時姓牛，有時姓楊，Anderson, Edward, Franz, Ibrahim, Mohamad, Walter……）。雖然輾轉送達的照片都嫌朦朧——顆粒粗大的黑白照，有著複雜的差異。若去異存同，則可以歸納出以下特徵：髮黑而濃，眉眼唇都如墨染暈開，但仍看得出是個東方臉孔，像是個猶太人，有時年輕，有時衰老。過大的毛料風衣，寬大的領子反襯得頭顱小，臉尖，耳亦尖，表情有舊木頭的紋理。背拱起，整體上予人駝背小人躲在大衣裡的感覺，彷彿畏寒。總是微微地側著臉，也像是在逃避什麼。複製的證件照，像臉譜。記者不經意拍到的照片，像是極其拙劣的複製過度的複製品。再則是那口看起來沉甸甸的灰色方型皮箱，透過照片都可以感受到它的重量，他持皮箱的那一側明顯欹側。除非，他是殘障人士。多方討論後，倫敦方面決定鎖定這一形象，研判是個中國人，並給他取了個代號C（Chinese）。後來才知道蔣介石的情報頭子戴笠研判那是個猶太人，並戲謔地給他取了個代號J（Jisus）……。

其實他一開始出現就被這世間的機器之眼給補捉到了。一年前，雪花紛紛，瑟縮在上海街頭的報攤前抽菸，被一個日本密探拍下。九個月前，在北京某大學廣場上激昂的大學生之間，聆聽魯迅的演講，被某記者攝入做為背景。七個月前，神色漠然地在莫斯科開往柏林的有流放者同行的火車上，大雪紛飛。年月不詳，積雪覆蓋的鹿特丹碼頭纜繩旁，船的蔭影巨大而不分明，低頭若有所思，像個憂傷的印尼人。雨中倫敦的紅色郵筒前仰望大鐘樓，似是典型的流浪至殖民母國為家國命運發愁的殖民地青年。當資料由各地眼線和當地特務交換或交易而來，彙整到倫敦時，他已經登上往新加坡的郵輪，而且即將抵達印度。

納粹德國情報部門最早給他取了個K的代號，且不知為何被判定為「極其危險」；同樣的判斷出現在莫斯科、法國、荷蘭的情報部門，爾後日本的相關部門也跟進了，也做出了近似的判斷，切腹自殺的情報員在遺書中留下一句費解的話：「時間被他偷走了。」

軍情六處負責這案子的專員亨利仔細研究收集到的各種情報後，百思不得其解，為什麼他們不把他抓起來呢，為什麼任其流動——唯一的可能或許是，他們動不了他。

如果真是如此，那為什麼？他到底會帶來什麼危險？

當印度的行動失敗後，亨利就比較有概念了。但還是非常不具體。從歐洲的照片來看，無一不是雨雪天氣下拍的。印度那裡發生了什麼事呢？似乎中國邊境突然爆發了一場戰爭，北方出土了幾尊南北朝時代的古佛。最令人納悶的是，他所到之處，運輸工具都變得異常緩慢。火車誤點，輪船延擱了。原本四天的航程，變成六天、甚至八天，好像有什麼強大的力量阻遏了移動。連飛鳥的行動都變緩慢了。海是一樣的海，但似乎海水變得黏稠了，在法國和英格蘭之間，有的地方冰封了。但歐洲的冬天本來就是那樣，也不足為奇。

但航程中一直有人跳海自殺呢。列車上也有凶殺案。但那也不能證明什麼。哪天沒有人死。哪天沒有嬰兒從女人的胯下鑽出來。

當蒸氣船的氣笛遠遠傳來時，卻又濃雲密布，層層滾捲，像油畫那樣凝滯，其間有電悶閃。大風起，在場的人都感受到一股窒息的壓迫，心微微絞痛。六個心臟功能不佳的當場發病，緊抓胸前衣襟，倒了下去。身體變得很重。首先是腳，隔著鞋子還是被地面強力吸附，寸步難移。然後是頭，直欲折斷掉落。海面冰封，呼嘯而過的是極北的冰風，刀子似地劃過。但不過一瞬間，好似打了個盹，那陣風過去後，仍是柴油味臭烘烘的日常黃昏。海的鹹味、魚的體臭，餘暉仍是暖洋洋的。旅客正常下船，三層客艙，上千的旅客。

頭等艙幾個東方臉孔若非日本商人，就是華人富賈，西裝筆挺的，於海關都是老面孔；二等艙三等艙倒是有不少形跡可疑的中國旅客。經過一番大費周章的仔細盤查，倒是意外地抓到九個扒手，三十幾個幫派分子，二十個妓女，五個間諜，兩個乩童，一個嘮嘮叨叨不斷以古語說著天啟寓言的瘋子。他突然得到神啟，七色光打在天靈蓋上。

時間或許有一刻靜止了。

有的人感到有一陣涼風從身邊掠過。有的彷彿有看到一個襤褸的身影。有的聽到極輕或極重的腳步聲。有的聞到一股酸棗的味道。有的聽到細微而繁雜的鳥叫聲。

但在場的所有人都有一個共通的感覺：眼前的這件事，早就經歷過了，也許在昨天，也許在更久以前。然後他們都被推入某個憂鬱的昨日，雖在場而不在場，且陷入深深的憂傷。

即便是在山丘上總督府用望遠鏡眺望的禿頭總督大人，也深受衝擊，而深深地懷念起那不知多久前遺棄的土著女孩。那時他還是個年輕的副官，在偉大的萊佛士大人手下做事。許久以前的時光被拉到眼前，那許許多多歡愉的時刻，兩副軀體幾乎溶成一體、什麼糊塗承諾都可能在那恍惚之間從唇間說出。他清楚地感受到那瞬間，猶如釣竿有魚上鉤時被猛地扯了一下，女孩受孕了。他烈火般的種籽猛地鑽進她發燙的黑色太陽。然後是她挺著和身軀不成比例的大肚子，筒裙下露出孩子式的腳脛，掖著行囊披散著髮離去。他到了娶個體面的白人處女繁衍下一代的年齡了。也許她會詛咒他吧，一如許許多多她的族人被遺棄時。突然一陣風吹來。是的，這事昨天發生過了。

好似午睡時落地窗突然被拉開，猛暴的日光直照進他夢的深處，把夢底的積水朽木地衣蘑菇蛞蝓蝸牛瞬間曬得焦乾。她的詛咒像影子來到他的眼前，心臟瞬間發出巨大的、間歇的響聲，耳畔響起鼓聲。身體倒下，像花崗岩那般重。

最清楚發現事態變化的是坡底僅有的那五家鐘錶店，黃昏時，師傅和學徒都發現牆上的鐘有的指針逆行，有的瞬間停止，死了似的，一動也不動，怎麼修也修不好。但也有死去的錶突然復活了，縱使分針秒針都沒了它也努力發出滴答聲，齒輪轉動。老師傅臉色非常凝重，一直望著天際的紅雲。

橡膠提前進入落葉時節，宛如被噴灑了毒藥似的，由南向北，葉由綠轉黃，由黃轉紅，而後在清風裡颯颯飄落。瞬間樹林裡彷彿萬頃枯木。

數千隻烏鴉嗅叫著飛過海的那端。

船離開時，亨利將登船，繞過印度洋回倫敦，他也受到過去的強烈召喚。情人，母親，私生子。

小鎮昏暗的鐵皮屋裡一個憂愁的少女，清早被喜鵲喚醒，發現身上令人煩心的癥狀不見了——不再發熱，不再腰痠，不再有強烈的嘔吐感，感覺小肚子裡空蕩蕩的。那個逃走的情人留下的禍害好似不見了。但她頗疑是夢，因為這樣的夢做過太多次了。每次醒來，都是一場空。肚子一天天大起來，有時她甚至感覺可以聽到肚子裡孩子的心跳了。肚子的孩子好似被憑空偷走了。

她依稀看到窗外一個佝僂的身影掠過，步伐黏滯，厚重如一口鐘；但卻像被一陣風推過似的，一小群落葉跟著他，蝴蝶似的，在小小的旋風裡上下翻飛。

一覺醒來，三百隻小青蛙發現自己怎麼還是蝌蚪，雖然四肢長出來了，也上了岸，但尾巴沒有脫落，溼答答地拖在屁股後頭。

早晨的陽光斜斜照進郊外的樹林，小孩俯身撥去清清流水上覆蓋的層層落葉，試圖撈取溝中縱游的藍線魚。突然他看見不遠處有一個被厚重袍子包裹著的人，日光投照在他身上煥發出淡淡的金色光芒。但更奇怪的是，他緩緩解開外套，掏出一個黑色的鳥籠。小孩阿財聽到連串嘰嘰喳喳的鳥叫聲，籠中擠著密密麻麻的小鳥。拉開閘門，就爭先恐後地撲翅飛起。看起來不像一隻隻，而是一團團的，鳥頭鑽出來後方努力散開，因此翅與翅交擊，五色羽毛紛飛。像百貨公司開幕的場合，彩帶紛飛。

那是各種顏色的小鳥，從籠中不斷地吐出，往上飛到枝梢，很快占據了整片樹林。

感覺天好似突然暗了下來。

他彷彿記得那人曾經從他背後走過。水中曾映照過一衰老瑟縮的身影。然而當水中再次映現他的身影時，卻是個昂揚的青年了。有小鳥追隨。鳥拍動翅膀鼓起的風，有一股騷味。

那青年沿著林中小徑走向山丘的方向，幾隻紅的綠的灰的鸚哥在光穿過霧的迷離中，跟著那人沉重的腳步。

那光景，讓小孩想起昨夜他突然醒來，打開窗讓月光進來。也突然發現，父親離開那個晚上，也是那樣的月光。

月光大片大片地墜落，輕輕的，像白色的鳥羽。公仔書裡的，天使的羽毛。

他的鼻水流了下來。他沒注意到倒影裡的自己突然白髮蒼蒼。

不知道過了多久，他走到墓園邊上。

一座巨大的陵園，獨自占據了一片山坡地，在一棵大樹的庇蔭裡。鳥飛到樹上。陵園像一棟別墅，又像座希臘廟宇，白的長長的石柱，白的屋宇。石桌旁有個烏漆麻黑的人影好似在等他。靠近些，那是剛剛從第三次死亡中復活的祖父，正用小刀仔細地刮除身上被大火燒出來的炭疤，一大片一大片地剝下來，露出最內層血淋淋的肉，或白森森的骨頭。

「你終於來了。」那一身炭的傢伙勉強張開炭唇，露出燒成陶色的牙齒。炭臉上眼縫處迸出一道蛇的目光。

因為手幾乎都被燒透了，炭化的指頭握刀子握得很辛苦，一直掉到地上。他俯身撿時背上發出連串的脆響。

「對不起，我遲到了。」那青年說。他的聲音像是回聲，好像從那個山壁傳過來的。

「你要的東西我帶來了。」

手提箱擱在石桌上，脫下外套，擱在石凳上。按下手提箱密碼，掀開蓋子，推到他眼前。接著屈身從諸多物件中小心翼翼地捧出一件事物，一個巨大的厚重的瓶子，不似那麼小的箱子塞得進去的。一個海螺般大的沙漏。

瓶子裡有彩色流光晃漾，很熱鬧的樣子。沙漏是老原木的沉色，年輪化成細密的銀色螺紋纏繞。他把它樹起來，滿瓶金沙緩緩往下瀉。

「時間開始了。」風一般的回聲沙沙地說。

巴洛克

Baroque

駱以軍

巴洛克

B

字母會

那一天，我如常睡到正午才醒，天氣燠熱像烤披薩的大鐵櫃爐。就是說，我做為臥室的那小房間開著冷氣，但一走到那小公寓的客廳，你一瞬間覺得自己正在被「烤熟」：皮膚滋滋冒著小氣泡，並且皺萎，出現焦糖金黃的薄層，甚至聞到空氣中的肉香味……當然我盡快下樓、出門。我在巷口的7-11買了一杯冰拿鐵。那個店長是個年紀和我相仿的中年人。但他年輕時可能是個帥哥。他有一雙如果長在女人臉上，我們會說那是「煙視媚行」的桃花眼，但他的臉廓（包括下巴啦、鼻梁啦、顴骨啦、額頭啦）都很男性。你可以確定他不是gay，但他不知道從哪次之後，就不太理我。我記得幾年前我剛搬來這一區，剛走進這家店時，他在櫃檯收銀時會和我喇勒：這一帶住了某某、某某，他們是知名演員、政客、或某些我沒聽過但你看他的神態這人應非常紅，大家知道這名字是理所當然之事。而他講的無非是這些人的八卦。但有幾次，我只是因為懶得和人講話，便刻意繞遠一些到馬路對面另一家7-11買菸或是繳電費。我不知這麼微不足道的事，他是怎麼意識到的？

某一次我又踏進他的店裡，他似乎生氣了。他說：「你在躲我喔……」那以後他就不太理我了。我怕我這樣寫你們會以為那有一種 gay 的敏感或調情。不是的，那比較接近我初中時，全班同學除了我，所有人放學後都到我們導師家補習數學，有一次我的導師在早自習時把我叫上講臺解一道根本我每一個符號、描述的單句、或是這要我們幹啥，完全看不懂的幾何習題，我當然像個原始人全身赤裸站在整屋子文明人的宴席，那樣愕然地站著，感受一種「你背叛了我們」的譴責空氣……

我對那位穿著 7-11 制服的中年帥哥店長說：「今天好熱噢。」他不理我，收錢，給發票，交代一旁的工讀生幫我做咖啡。眼睛看著排我後面的顧客，繼續結帳。之後我走到馬路對面一條有傳統市集的巷道——就是在早晨，有那些從鐵籠裡拎出一隻隻咖啡色黑色或白色羽毛的雞，任牠在尖叫聲中割斷牠們頸子的小販；有賣水果的阿婆；有賣自種的葫蘆瓜、絲瓜、各色都那麼幾棵青菜的一臉憂傷但你不知他是打哪兒一路搭車換車來到這城裡的老農；有賣手工包子、年糕、燒雞、各種粗細麵條、老太婆的大胸罩和大內褲、肉粽、整推車各式醬菜醃菜、或就在水溝邊鋪塊塑膠布殺魚……——到一間西藥房買消炎喉片，那站櫃檯的藥劑師是個長了一張袋鼠臉的年輕小伙子。他總是鬼鬼祟祟跟我套近乎：「我昨天有上你臉書喔。」然後跟我聊起我臉書最近幾篇那些全是廢話的內容。但他面對那些像濃縮進一坨模糊球體，駝背、假牙、拿著各種奇怪的皮膚病藥膏、對抗老年癡呆的銀杏保健藥品、或什麼海豹油、或通便浣腸來詢問他的嘮叨老太婆們，又一臉神父般的倨傲與權威。我在他身上會看到我年輕時的影子，靦腆，並且因自己無法組裝如何面對世界該有的模型零件，而絕望的模樣。

那天，他突然在將五盒消炎喉片交給我之後，冒出一句：「你還不知道發生了什麼事吧？」

後來我走在那條臭烘烘的街巷。又去一間彩券行簽了兩注大樂透。突然想：是不是真的發生了什麼重大的事呢？這家彩券行老闆是個小兒麻痺症因此腰以下穿著鐵箍和迪士尼卡通人物那樣的大頭靴。這種病在我念小學的時候，每個班上通常會有一個男孩或女孩是有這樣百合花莖般孱細雙腿的受害者。但好像在我後面幾屆，這疾病就絕跡了。也就是你若看到像這老闆雙腿還裝著這樣的鐵箍，會湧現一種懷舊情感，大約能推測他的年紀。他們在這城市裡，是像鴨嘴獸那樣的絕種生物啊。這老闆原來在大馬路街角，開了一間非常稱頭的眼鏡行，兼賣彩券。我每次進去簽注時，都有一種被上萬片昂貴玻璃的折光映照得睜不開眼的幻覺。但我在他那兒簽的彩券沒有一次中過獎。連五十塊都沒中過。後來不知發生了什麼事？他把眼鏡行收了。換到這街巷裡非常窄小破爛的小格鋪，成了不折不扣的彩券行老闆。

是不是真的發生了什麼了不起的大事呢？我多心地想：今天這老闆的臉色似乎也像油鍋上熱空氣，晃搖扭曲著一層透明但讓我陌生不安的什麼？

我的小公寓裡有一臺電視，一臺光碟機，但沒有接第四臺。所以我對這世界上發生了哪些屌毛大小事，全是透過失眠之夜的掛網。從前我會上一些電子報去看遙遠的中東哪個國家又發生政府軍和反抗軍炮火互擊，屠村殺死了一百多人。或是希臘或西班牙或義大利的經濟像塌在柏油馬路上的雪糕那樣融化了，所以全世界也將要完蛋了。或是NBA哪個球隊用了「毒藥條款」簽了哪個球星，然後大風吹誰誰誰又換到了哪一隊，哪個經紀人又出來開記者會闢謠這些眼花撩亂的新聞。

但後來我也不看那些電子報了。我只掛在臉書上。而臉書上有時會有一些有攻擊性或自戀的傢伙，我可以按一個功能將他們封鎖。另外有一些用日本美少女歌星的照片當他們假人頭照的網路行銷，我也將之封鎖。但我有時也會擔心，我置身的這個臉書世界，會不會愈來愈單一、脆弱，和外面那個複雜混亂洶湧殘酷的真實世界，愈來愈無關？

這時在這條亂糟糟的小街道上，因為正午的日照而似所有公寓的垂直壁牆、醜陋混雜在一塊的陽臺鐵欄、鋁窗嵌著的霧玻璃、白鐵招牌、電線、甚至一些你不知它是從哪伸出樹幹而終於占到那麼窄的上空伸出枝枒疏蔭的榕樹……全部像貼上了金箔一般閃閃發光。我突然看到一個老男人和一個年輕女孩牽著手（其實應該是那女人挽著那男人，在我前方十來公尺處一間小髮廊的門口）攔了輛計程車，那老男人稍微困難地鑽進去，那女人上車前無意識回頭，我相信她應該看到我，但她面無表情，上車、關門。從我看見他們到這計程車開走，前後應該不到二十秒吧。

問題是：這個老男人，這個年輕女孩，我分別是在完全無關的場合與他們認識。但他們各自在我記憶庫是存在那麼南轅北轍的檔案。我的腦袋無法整合，有一天會看見他們倆兜在一塊（而且顯然是很親密的關係）。那像是，你的左眼和右眼，像螃蟹的眼珠是一細柱立撐而起，分別看見兩個完全不同次元的世界，你可能可以將這兩幅看見的景觀並置，但無法交之疊合。

但他們卻在我眼前，手牽手偎靠在一塊兒。

這個老男人，是個漂亮的傢伙。我是在常去的那間酒館認識他的。也就是說，我除了在那間酒館的某幾個夜晚，從不曾在白天的任何其他地方見過他。你幾乎可以說他是電視機裡，某個時段（譬如每週五深夜十二點的HBO臺）的美國影集裡，一位六〇年代西部小鎮的老牛仔，卻突然出現在這個光天化日的真實大街上，那樣的置幻感。酒館特有的暈糊融光，吧檯前據桌而坐永遠那兩三枚黑色剪影，整夜沉默喝酒的落單男女。吧檯後方那整壁面大大小小不論方形或圓柱皆弧線優雅的玻璃酒瓶，重點是那些盛裝著琥珀色昂貴半透光稠液的魔法玻璃瓶，皆貼著畫了某些雀鳥、麋鹿、戴禮帽男人和帆船、可能全世界所有文字的標籤，它們並置在那兒，像是一張巨大的外國報紙整版攤開。在這個場景時刻裡的我，血管裡永遠流著濃度超過一半吧的酒精，所以眼球水晶體所折光看出的世界，也像那些酒瓶無意義的裝飾凹褶玻璃暗花，形成一種小格小格明暗不定，馬賽克般的「碎片」、「一閃即逝」、「波光幻影」之印象。但這老男人在這畫面裡，也總是醉醺醺的。他有一頭鋥亮如鋼琴琴弦的銀髮。你必須承認他是個老紳士。事實上整個酒館的人都尊敬他。即使有幾次我看到他真的非常醉了，他只是兩眼像泫然欲泣，想不起自己為何置身在此的少女。嘴角還是尊嚴地微笑。他不會抓著晚輩說那些廢話。當然他有個小毛病，即他持著酒杯（他只喝不兌水的威士忌）坐你旁邊聽你說話時，一手會不住地輕撫著對方的手臂或手背。那像是進入一種神祕的品鑑，像在摸一只古端硯或宋瓷或一柄昂貴捷克小提琴或其他撈什子那些極細微氣孔、觸感、質地即瞬間判定雲泥之別的古怪老收藏家的恍惚神情。老實說被摸的人，心裡肯定挺不愉快的。因為他總是一邊撫摸著你，一邊心不在焉地說：「真好，真好。」你不知道那是指你正在說的內容，還是指你的手臂肌膚。偶爾有一兩位女孩被他這樣摸了，非常羞憤。但我們向她們解釋，這間酒館的客人，不分男女，老的年輕的，都被他摸過啦。那，（我們說的有點心虛）或不是一種色情的侵犯，也許是一種極接近「人類愛」的，欣羨或感傷的什麼。

有一次，這老頭對我做了一件事。那時還算上半夜，酒館裡空蕩蕩就我們兩客人。吧檯後的老闆娘也不太搭理我們。他拿著酒杯從吧檯走來坐我旁邊（這次他倒沒摸我的手臂），然後他從他的老獵裝內兜掏出一本硬殼筆記本丟在我面前，說：「你看看。」我裝作非常感興趣的模樣翻了翻那冊子，發現那是一本小集郵冊。每一頁都像一片硬殼那麼厚，每頁都用一條條薄膠紙覆蓋，上頭貼或鑲嵌著大大小小，五顏六色，周邊小鋸齒的小方格郵票。事實上這樣一本集郵冊應該是任何一個小男孩的夢幻逸品吧（包括我小時候）：那些世界極遙遠或你不知道名字的國家：蒙特哥尼亞、肯亞、緬甸、哥斯大黎加、敘利亞、斯里蘭卡……。彩色的票面上印著鮮豔的熱帶魚、大嘴鳥、蝴蝶、狐狸、斑馬、美麗的老虎或某種復古老汽車、某個看起來像史詩英雄的人物肖像、某些奇怪的魔神雕像，甚至有太陽系九大行星各自披著薄雲、殞石坑暗影、斑紋般的渦漩、黑暗夜空映著紅色、藍色或橙色神祕光輝的近距球體繪圖……但我向他道歉說我確實不懂這個。看他神祕兮兮的樣子，似乎這其中不起眼的某一枚小郵票，或許就能買下這條街上的一幢豪宅吧？

但他看著我，眼神像溫和的譴責又像狡黠的玩笑，他說：「你再看看。」

我不解其意，仔細又翻了翻。然後我發現了一件事：這整本「集郵冊」裡，每一頁上的小格小格郵票，都不是真的郵票。全是用一種非常精密、幾可亂真的微細筆法，畫在那每一頁硬殼白紙上。說實話有一瞬我全身竄過一股電流般的顫動，這整件事後面執行的意志、虛無、變態，好像撬開了我腦袋裡某一扇非常小，像地下室生鏽通風孔那樣的小窗。你可以想像他如何拿著最細的鴨嘴筆，像細密畫家那樣，一筆一勾勒纖毫不苟地畫著那想像中一小格一小格的那些微形圖案，包括暈糊的郵戳、那些栩栩如生、發著光的獅子、羚羊、太空船或中國國畫裡的牡丹、紅樓夢仕女圖、蔣委員長宣誓抗日圖、某一屆奧運的百米賽跑或泳池競賽或射鏢槍、跳水、跨欄……，一枚一枚壓縮在那小方格裡濛著昔日光霧的極小極小世界。我猜他畫完這麼一本「偽集郵冊」，可能要花上十來年。他花了這麼大的工夫，無比細緻地、小局部小細節填色、勾描，只為了做出這樣一本「對破碎時光蛻物」如波光鏡像的抽換、挪移。「假裝看上去那麼回事其實不是那回事」，這種瑣碎精微繁複的「浪費」（而我面前坐著已經浪費了這麼多時光、專注力、眼球的精密轉動、彎腰埋頭的這個瘋老頭），我有一種年輕時看了極美、幻美絕倫的日本美少女，卻真槍實彈和三、四個男人在一種太空艙裡的非現實光照裡性交的A片，那種隱隱憤怒，你覺得他們冒犯了人類原來應在一種古典秩序中運動活著的禮儀，卻又自慚自己「再也不可能擺脫這一生注定之平庸」的空洞洞的悲傷。

至於那個年輕女孩，則是許多年前，有一陣子我到一個社區大學替一些上班族開了一門短期的「小說創作課」，大約六次或七次吧，每個禮拜三的晚上，教室似乎是在一幢蓋得像靈骨塔的區公所大樓七或八樓的其中一個會議室。你感覺那幾個夜晚，我和她們（是的，那三十多個來上這門夜間社區課程的全是女人。我完全不知道她們白天是什麼職業，大部分是三十幾或四十幾吧，間有一兩位白髮蒼蒼的老婆婆）聊著卡爾維諾、波赫士或納博科夫，覺得那空調教室的頂罩日光燈管無法用光填滿這空間裡你說不出在哪但似乎眼皮下一團一團的翳影。她們的眼睛全像母牛那樣漆黑、善良、潮溼，但你知道她們完全聽不懂我在說啥。那天晚上，我給她們看一部俄國導演安德烈・薩金塞夫拍的《歸鄉》。當然我有點偷懶的意思，但我坐在那些可能是三歲小孩的憂鬱母親、可能是永康街某間賣進口性感睡衣小櫥窗店鋪的老闆娘、可能是復健科診所整天幫那些撒嬌老人裝上拉腰鐵床上的束緊皮帶的護士、可能是某個長期沒有性生活的中學老師……我在黑暗中坐在她們之間，一起看著投影光幕上那悲傷的枯黃曠野、公路、陰鬱的海面，我的心中還是充滿一種難以言喻的感動。那部電影是兩個男孩，莫名其妙在一趟沉默嚴厲的公路冒險之旅的最後，意外弄死了他們的父親。

按說播放完電影後，我應該跟她們談談「啟蒙小說」（譬如《麥田捕手》），或是「流浪漢傳奇」裡的惡童、侏儒、畸形兒、扒手、白癡的形象（譬如葛拉斯的《鐵皮鼓》、魯西迪的《最後一個摩爾人》、雅歌塔的《惡童日記》或大江的一些小說），但不知為何我卻讓她們即席書寫，然後發言，講講她們曾經遇到的「屈辱」的經驗。當然你完全可以預期那接下來一個小時她們先是拘謹、之後搶著舉手說出的內容都乏善可陳。但我喜歡聽這些女孩們說話（即使她們都是老女孩了），在那個夜間教室裡（可能整棟樓只有我們開著燈），她們有一種小團體的親密感，即使是四、五十歲的婦人在說話，你還是會感到那種壓抑、易感、面對一個看不見的父親的「女兒」自覺（「我讓他失望了」；「他從來不愛我」）。某個人發言中提到一點小小的踰越，其他女人即大驚小怪地嘆息、吃吃輕笑，那氣氛不可挽回地朝向一種「親密成長團體」傾斜。這時我注意到這個女孩，她很明顯比其他那些婆婆媽媽至少年輕了十來歲，算是個美女，穿著一件亮白的薄襯衫，燙一頭公主般的鬈髮，臉上的妝也畫得精緻而時尚。我當然也點了她發言（裝作若無其事，將她和那些老女孩們一視同仁），她表述自己經驗的能力並不突出，甚至給人一種陰惻冰冷的殘缺印象。好像是說到童年時住阿姨家，洗澡發現表哥在偷看。

那些婆婆媽媽在她發言時，似乎也築起一道沉默的牆，下面交頭接耳，極細微地對她的年輕、豪華出現在她們之間，而能調度的隱密告白卻又是這和她潑灑自己「女身」之性優勢的一段色情遐想畫面，一種看不見的群體抵制。我注意到這女孩邊說，臉邊漲得通紅，似乎只有我專注聽她說完，並乾巴巴地（因為她講的確實除了讓我這樣的男人流鼻血，真的沒有文學的詩意）補充延伸了一些這種「被偷窺經驗」的劇場重構難度。

那堂課結束之後，我躲開和那些婆婆媽媽一起擠在電梯裡的尷尬，獨自走（光度昏暗的）七、八層樓梯下樓。在其中某一層樓，那女孩踩著高跟鞋氣喘吁吁追上了我。她說她有一些創作上的困惑要問我。我當然極享受著這段併肩漫走，裝作認真聆聽的美麗時光。她其實是個害羞的女孩，我發現她要講一段其實並不複雜的話，都像是外國人說中文先在心中想一遍文法，才斟酌說出，所以常常講了幾句又自己打斷，「不是，我不是這個意思，」

然後重新開頭。她說她想寫色情小說。但她這樣說時並沒有任何誘惑或淫蕩的氣氛。我像個國中理化老師在跟一個學生解釋週期表的金屬元素或某些碳化合物的鏈結形式。我建議她把川端的《雪鄉》、《千羽鶴》或《睡美人》都精讀過，再來找我。當然我個人奉為經典的還是納博科夫的《羅莉塔》……

這時，我發現我們走錯了樓層，我們推開那厚重金屬防火門時，發現置身在鮮紅色油漆或灰色油漆纏錯金屬粗細管線，鍋爐機房聲轟轟巨響的地下停車場。眼前是一片說不出的髒臭、像一隻隻巨型昆蟲墳場的冷酷異境。我們或都有點緊張，但反而故作輕鬆開起調情的玩笑。我說：「其實我是故意把妳拐到這無人處的色情魔喔。」她臉紅也開玩笑說：「最好是啦。」

然後，非常奇幻的，我大腦中的嗅覺區，似乎聞到一股像夜間曇花盛放那樣的芬芳，我注意到她那件亮白絲稠薄襯衫襟前的第一顆鈕扣並沒扣，但並沒有比那些穿細肩帶馬甲辣妹更怎麼露，問題是我突然覺得那妖異濃豔的冷香，是從那薄襯衫不經意的開口，像驟然臨襲的迷霧，一種性的氣味不斷湧出。

我們在那地下停車場迷路打轉了大概十分鐘吧，她還是漲紅了臉，但也只是清純地撒嬌說了一句：「你故意的喔。」然後我們從車子走的坡道上到地面，各自搭計程車離開。

我在計程車上，打開手機，發現剛剛那個小說班的助理（也是一個四十多歲，這個社區圖書館的女職員）打了至少五、六通電話給我。我回了電話給她，她說：「老師，你掛在胸前的那個小蜜蜂麥克風忘了摘下來還我。」我低頭一看，那小型隱藏式麥克風確實仍夾在我的襯衫領口，延長線則藏在我襯裡連接到褲子口袋一個主機匣。也就是說，我剛剛和那女孩的兩人私密對話，其實透過遙控，由那教室的音箱喇叭播放給還沒離開的這助理或其他女學員聽得一清二楚。

一個月後，那時那個小說課程剛結束。我們約在一間有二樓陽臺戶外吸菸座的咖啡屋，不著邊際聊了一些色情文學種種。好像她告訴我她想去學鋼管舞或肚皮舞（甚至脫衣舞）這些非常「sexy」的舞藝，但真實世界她其實是個非常乖非常內向的女孩。她在一所高中教書，學生很愛她，但也很怕她。她告訴我，她國中時測出的智商有一百八。這讓我非常震撼。因為我在友儕間一直以自己的智商數字而自傲（我有一四三），但顯然我們不是同一種維度的生物。我覺得我陷在一座迷霧森林裡。重點是她的人際網絡似乎非常迂迴但複雜地讓我感到惘惘的威脅。她似乎和我這行業一些年輕的、老的、赫赫有名或我根本沒聽過的人，都有一些曖昧、幽微、隱晦的牽扯，似乎和他們都有一腿。這令我非常不安，他們有的是我的老師輩，有的是我瞧不起的二流作者，有的則是曾在臉書祕密訊息留話請我替他寫推薦序的年輕人。我覺得自己好像被捲進一個倒影世界，或世界的隔壁的另一個祕密衣櫃裡的，「某種集中營」或「怪物的晚宴」，一長串名單裡其中一個名字。我被搞混了。我不確知那只是她的妄想症或某種女人想自擡身價的心機。但若是以色情小說的觀點，這造成的印象只有錯織如藤蔓的「關係」，而沒有

「性」。一種整串不同名字男人的屌像粽子被串在一把抓的傀偶懸繩的猥褻印象。似乎只要有了錯綜複雜的關係，人類的性便變得色情。卻沒有孤獨的，那些發出哀愁之光的，這些男人們（包括我）和她性交時的美麗、神祕、無止盡停止的畫面。但我對這些我大致知道他們的臉的男人，在那孤獨時刻的哀鳴、淚光閃閃、感激……完全不感興趣。

也許我想說的是這件事：置身在一個未來和過去一道被壓扁的薄薄金鉑片上。也許是我確實曾在那個夜晚那間酒館，老人的「集郵冊」上，數萬枚不存在的郵票擬真細緻畫，曾看過其中一枚這女孩的側臉肖像？但她為何會出現在這裡？或是我曾聽女人那無數無趣的只有影子的男人們，其中有這老人的名字？但我發誓他們不可能同時出現在同一個時空平面上。套句我死去奶奶的老話，「他們只是因為不相干的孤寂而被硬湊在一起。」

巴洛克

Baroque

陳雪

巴洛克

B

字母會

滴滴，他聽見計時器鈴響，第一次提醒，尚有三十分鐘。

一小時的鐘，兩小時的點，已是再熟悉不過的流程，全身油壓推拿，穴道指壓，頭頸肩加上足底按摩，刮痧、水療、溫灸，從頭到腳，店裡總想得出各種套餐組合，當然他負責的總是那幾個項目，盲人專長，短則三十分鐘，長至三小時，六年時間的訓練，無論組合如何變化，他已將流程記在腦中，刻錄在指尖。

近來，他愈發需要計時器提醒，想是體內什麼被喚醒了，擾亂了時間，造成時差。他想，是因為那個女人。

今日女人第二回來到，上次帶著另一個女子，這次單獨。姿色不知如何，聲音柔細，年齡可能在二十五與四十間，皮膚脂潤、緊緻，但皮下脂肪略薄，已不是二十來歲的緊繃，手腕與腳踝特別纖細，可謂瘦不見骨，就身段而言，是個三十到四十間的熟齡美人，直長髮，髮質柔細，耳朵形狀小巧精緻，第一次為她做足底按摩時，按到痛點身子會輕輕一顫，個性應是執拗的，女人點餐總是一小時全身加四十分鐘足底按摩，手掌碰觸她的身體，總感覺發出了「唉」的長嘆。一切全是他的猜想。

可以確知的是，第一次療程結束，他聽見女子在櫃檯結帳時，買下十二堂的課程，她說姓鍾，還說下週也指定十號林師傅。

如他這樣的盲人，店裡一半都是，館長不知用什麼樣的名目申請，將原本專做盲人按摩的小店開展成頗具規模的美容健體養生會館。當然這一切，也是聽同事說的。

他一向只管自己雙手的事，熟記著路線，來去自如，館院擴大之後，他偶而會被叫到樓上高級的包廂裡，據說是因為他長得與明眼人無異，畢竟他才盲了十來年，還帶著明眼時難卻的習氣。又有人說，因為他長相斯文，談吐溫和，得女客人信賴。

道聽塗說。

上回他在鍾姓女人的鎖骨間凹陷處發現一顆米粒大的痣，略略突起，為她按摩至此，他以指尖在上頭摩挲了一會，問女人：「是黑色米粒般的痣嗎？」女人嗓音軟軟回說，「是啊，人家說痣長在這兒不吉利。」

他記起已逝的母親也有那樣一顆痣，她也為傳說而苦惱，心中一慟，多年來因目盲而死滅的心智突然活騰起來，像有人將堵住的河水疏通，像有人從他腦中取出了鬱結，什麼啟動了記憶，往事滾搖如流。

記得啊，最初是空暗的大廳，神明桌前，母親的側臉，黑痣如月影落在白晰的頸間，香案上焚燒的蠟燭滴淚，瓷瓶裡的鮮花漸萎，案前的紅色跪席，他們倆起伏身體久久的禮拜。跪拜案上林家祖先，與觀世音菩薩，求身體康健，「讓這孩子常保光明」。那時他還能清楚看清所有細節。

歷歷如新啊過往，歷史被摺疊如一小張紙條，存放在他皮夾裡。因為看不見，剩下的都是觸感。

沙田林家曾經顯赫，曾曾祖一輩妻妾成群奪愛亂家，計謀相殘，小妾暴斃，一屍兩命，曾祖自誓林家男子再不得納妾，不得離婚，人們謠傳當年慘死的小妾立下詛咒，自此開始林家男丁單傳，獨子成年後俱因眼疾而目盲，無一例外。

家族敗落如一棵老樹染病，遼闊宅院裡，祖父剛逝，父親初盲，他是長孫，繼承著家族命脈，也沿襲終將走入黑暗的基因。

眼疾從詛咒變成遺傳，視網膜病變，無可逆轉，陪侍有眼疾的父親，母親努力多產，擴大分母，增加機會，除了他，還生有四個姊妹。

受過教育的母親用科學觀念與意志力對抗，但對抗不了偏愛。母親一直嚴格訓練他各種盲後的心理調適與生活自理，卻又縱容他在生活上的要求。他顯得格外成熟，又特別驕縱。

當時大街上有林家商號，還有租賃出去的十餘家店鋪，父親一年一年賣掉祖產，開始他「環遊世界」奢華旅程，母親原是鎮上診所裡的護士，嫁於父親後，日日在商號裡站櫃收銀，父親荒誕，在三十到四十五歲那些年，像來日無多的人，漫天飛花狂舞，將龐大家產悉數散盡。他記得母親每回都帶著僕傭到碼頭接父親，幾張地契換來的遊歷，人力車上堆滿滿的外國奇物，有時還帶著外國女人。

他們一行人從碼頭回鄉，沿途都有打賞。父親織就自己走向失明的道路，是燙金刷銀的。

這金銀道路沒少了他，父親帶回的禮物象徵著「世界」各種新奇進步的外國事物，糕點美食，珍稀收藏，他有一整冊昂貴的集郵與外國錢幣，最金貴的手錶，稀有的玩具，寫滿洋文的絕版書，鎏金花瓶，鑲玉鏤鑽的衣裳，他與父親一樣，凡手能撫摸的都要最好，眼睛能看的美物都要收藏，母親寵溺，父親荒疏，姊妹們全像哄著什麼珍稀事物般縱讓著，碩大家產變賣成一屋子物品，父親終於盲了。

一家搬進商號後面的矮屋，六口人在一狹長窄仄的屋裡，黑燈瞎火，配合著父親摸索的節奏，一日復一日，奔向毀滅。

眼睛沒有殺死父親，倒是盲目使他趕赴死亡，不能到國外，就在鎮上晃溜，他夜夜買醉，縱情聲色，一次酒醉夜歸，跌入圳溝，水深及膝，就奪去父親性命，那時他年方十五。祖屋變賣盡淨，財產消融一空，只剩下規模漸小的商號還護衛著林家榮光，母親眾家姊妹百般呵護，萬般順從，保護溺愛，讓他上最好的私立學校，供給他毋須打工的四年大學生涯，蘭花一樣將他呵養，他繼續揮霍母親的打工錢，在破屋裡過著少爺生活。

失明前倒數計時，誰也不知剩餘的時光還有多少，然第一次視力的變化竟像日蝕，將日頭從圓形遮蔽成筒狀，亮白天裡眼前光度發生變化，他用力眨了幾次眼，依然如此，他從書本上看見自己視野如何縮減，像有人胡亂撕去書本字跡旁的天地留白，那次的視蝕產生後，兩側視野消失，邊緣白茫，此後他再沒有所謂「眼角餘光」這東西。

是年二十五歲。他清楚意識到時間不多，他變賣自己手中收藏，不像父親環遊世界，他只想玩女人。

該是更小心，像母親儉省使用著財物那樣，但他如父親極力地揮霍，他已將大學讀完，沒有就業，就回到了鎮上家中，因眼疾只服了兩星期國民兵，他不怕恥地窩居家中商號，就著日光讀報，有客人來買菸，買酒，秤兩斤米，他將收音機開得響亮，與路過每個人交談，依然閒得慌，母親到鎮上的工廠為人煮飯，四姊妹都已就業，各在美容院、麵包店、學裁縫，還有一人做護士，拚命掙錢，填補他這個燒錢坑，傍晚大家收工，煮一桌子飯菜，吃完才準離席，夜裡是他自己的時間了。

大學時代交往的女友苦苦相求，依然堅持分手，他不願娶妻，躲避詛咒與遺傳，孤獨夜裡，趁著還得見月色，漫山遍野地去，他騎單車，摩托車，步行，快跑，非得弄得精疲力竭，眼睛發痛，才願歸返平地，途中，是鎮上的酒家，他如父親當年那般推開門走進去，點一杯酒，叫來每日不同的小姐。是宣洩，是收集。

他得看。在視力完全消逝，趁月色被黎明置換前，他得看。

看，成了他的一切。

只剩二十五分鐘了。還有雙腿尚待療癒。鍾姓女人腿上有細細汗毛，如風中棉絮拂過臉龐，他真想趴下伏倒。

跌跌撞撞從酒家走出，大搖大擺往家的路上走回，小旅館就在家對面，破舊寥落，他不顧忌，櫃檯女中是熟識的表嫂，給他慣去的房間，買鐘出場的女人隨著他進房，連檯燈都點上，「我要看」他說，要女人做出各種姿勢，有時他點上燭火，將女人如物件那樣翻來覆去，「我要看」他說，曾有心慈的女人因為這句話的急切而哭泣。

蠟燭盡滅，他向櫃檯要來火柴，燒一支，點著鈔票發亮成小團火光，直燃到燙手。日光燈、電燈泡、輾轉映入的路燈、月光、燭火、紙鈔的臭味，然後是星星火柴微亮，每一種光線因其強度、亮度、曲折照射的方式，將眼前女子的裸身反覆照亮、很亮、漸亮、落入朦朧，然後剩下猜想。

搭配著手指撫觸，肌膚親弄，而後是器官深入，所有光線都落下了，換來天光濛濛亮起，女人被這奇異的歡愛方式弄得神醉，狂亂嗚咽著，我要，喊著他的名，他摀住女人的嘴，像風暴一樣裹脅著她，鎮上誰不知曉啊，那帶毒的血液，最後的男丁，名叫林光明。

他因憤怒與悲傷而傾洩，流射於女人體腔，突然眼前一黑，彷彿日蝕到了盡頭，天地徹底暗了。他一慌心，大喊了一聲。

對街的母親可聽見了？

二十年過去如今他是林師傅，眼前女人是鍾小姐，也不知是否化名，療程最後二十五分鐘，他仍在小腿盤旋，一個半小時的鐘，為她他失了節奏。

前一個鐘，從頭頸肩，脊背，腰臀加強，女人反穿著浴衣，背部裸裎，會挑選男師傅做體療的女人，想必再熟悉這一套偽性愛的儀式不過，半點敏感地帶也不碰觸，全是意淫，他執業十年，近乎痲木。

但鍾小姐掀翻他的黑盒子使大浪拍擊這小小診間，時間翻湧，女人敞開的身體在此，他的手宣讀密碼似地，答答答答，一一讀出他的過往。

密室裡，唯他們二人。

從頭至腳，鍾姓女人每一處都引發記憶狂潮。

鍾女如瀑的長髮，叫喚初戀女友曉楓，她一頭長髮如瀑，遠山眉，晶晶眼珠亮得人心慌。街坊小吃店女兒，高二下學期他日日放學都到店攤站崗，陽春麵加滷蛋，小菜切滿一大盤，還要陪女孩的哥哥下棋，花費半年才得到與她單獨出門的機會。

女孩愛用566洗髮精，花香四溢，他為女孩從鎮上的委託行買來昂貴日本洗髮精潤髮乳，使其香味更醇美。女孩愛吃糖，他也蒐羅日本糖果，女孩愛穿白衣黑裙，不上學也有學生氣息，他又為她買來一條純絲領巾，女孩含笑接受，「像空姐嗎？」她盈盈說，女孩長他三歲，即將北上求職，他寵她愛她，但他不能娶她。

他確實辜負她，輕吻輕抱其他不敢跨越，女孩性子剛烈，「不要我為什麼追我」，將門重重摔上，他在門外等候，天上浮雲一朵，無父的他，憑什麼不辜負。

每當飛機劃過頭頂之天，他總想著女孩盤起髮髻，正在問客人，「咖啡還是紅茶？」

他絕不輕薄，他只是回憶，若非鍾姓女人刻意讓背部肌膚露出，他甚至不需碰觸她的身體，他自信隔著浴衣，也能執事，鍾女是否如一般女客蔑視盲師傅，自覺裸露與否無關盲者，或者，那是一種明與暗的偷渡，局部裸露，她需要一雙看不見的眼睛鑑賞她的美麗。

也可能都是猜想。

他生命經過的女人在鍾姓女子身體上羅列出席，像出籠的鴿子，如潘朵拉之盒，他的寵愛與悲逆，在他瞎盲雙眼裡花火般乍明乍亮出現，太過清晰，不能止息。

女人們，月黯之後就不再光顧他生命的女人，回來了。

曉楓大美小冬春花秋月芊芊青青細細云云，莎莉麗莎金姐羅妹美麗美秀美花美雲，春夏秋冬梅蘭菊竹，小家碧玉，大家閨秀，黑美人，金絲貓，肉彈巨乳，清麗脫俗。

女人在他盲的眼睛裡如核爆，炸開了世界。

鍾姓女子的手腕纖纖細若無骨，十指蔥白似地，對，還是猜想，他無法判斷女子的膚色，即使柔滑如玉，也可能是古銅或小麥肌膚，然而那蔥白之指，是大學時女友芊芊於琴臺上飛舞的手，他一見難忘，也投入追求。

獵物似的，他要親炙那雙手，要在眼皮子底下守著，用視線將之收攏。

那四年，他沒停止過親吻，夜裡繾綣，他將芊芊小指含吮口中，他以溫牛奶為它們浸泡，塗上最好的乳霜保護，芊芊愛嬌笑他：「愛我還是愛手？」夜風吹來，他連人帶手擁入懷中，「蚊子好多，」他笑說，芊芊說：「哪來的蚊子？」

喪鐘敲響。滿天飛蚊都在眼中，是發病的前兆了。

至此，他不再戀愛，只看不收。

「小腿好瘦。」鍾姓女人突然開口，他心驚，唯恐內心的暗湧已被識破，「站得久了都這樣。」他安撫說，女人突然放肆地唉呀唉呀，那聲之嬌媚，一下湧出了月蘭。

與酒家小姐的歡愛，她們會先淨身，儀式似地，水盆端來熱水，毛巾沾溼，扶捧著他的陽物細細擦洗，他雖醉酒，卻看得仔細，每一個小姐輪過，總有特別知心的，本地人，外地來，都住在酒家為他們租賃的宿舍，小鎮地方，大家都熟，他見過白日的她們，如常婦人提著圓桶鐵飯盒打飯買麵，下雨天打傘，花色特豔，幾個成群就膽大。女人檢查他，他檢查她們，當是前戲，這些老狐狸女子，慣愛取笑他的白皙，有些粗俗，愛在床上以方言叫床。

他記得一位，花名月蘭，簡直不專業，她的旗袍最不合身，是借來的，洗屌動作害羞地雙手打顫，差點打翻水盆，他翻來覆去將她細看，太潔白，恁瘦弱，皮膚光透紙一般細薄，敏感極了這身體，樂器似地，輕彈就響。他在月光下進入她，她先是顫抖，喊痛，然後呻吟，而後酣醉似地喊叫，叫聲嬌美如夢。他徹夜讓她吟喊，大街上雜狗狂吠。

他沿著鍾姓女子小腿肚按壓，她也如夢地吟叫，唉唉唉，噯噯噯，別，別，疼，疼啊。

那夜他們宿在旅館，一夜輾轉不停，最後兩人都哭了。月蘭說：「你要了我吧，我給你洗衣燒飯看店顧家，不計名分。」他能要誰？

十五分鐘。

酒家的女人有一名叫如如，鍾小姐的小腿肚像如如，小鹿似的，特別纖長，如如便是那心慈落淚的小姐，連屁股溝都讓他掀翻來看。桃子似地臀，撥開有一只小核仁，他湊上前要看，聞到果香，他笑了：「如如妳吃什麼，是香的，」如如害羞轉過身，雙腿夾住他的頭，他掙扎起身看見了她的眼淚。「哭什麼呢妳？」他又將她翻過來，二十歲的女孩，臀腿潔白如月。

連她的眼淚他也要看，要女人俯身低就，他張嘴讓眼淚滑落口腔，一顆一顆吞下鹹苦，「父親死前，也是這樣說要看我們，所有孩子都成排，一一走過去讓他看，他要人點蠟燭，就像你一樣。」如如說。

他翻過她身從背後㕣，要讓果核爆裂。

她從小腿顫抖到肩膀，沒喊一聲痛。

林師傅的他以手指手心手掌手肘，細細看望鍾小姐。眾多女子繁花簇放從鍾小姐的身子裡幻生出來，他許久沒有如此清晰的視覺，彷彿星球在眼中爆炸。如果這時要將她衣裳全剝她也不會拒絕的，但他並不想這麼做，他極力專注在雙手的動作，進展至腳踝，這女人怕是有婦女病，體寒，恐怕月月要痛的。

沙漏流光走時，沙沙沙沙。他細細為她揉捏腳踝，好似她是他來不及愛寵的那些女子。

忽忽他聽見一種細微的低頻，幾乎是震顫的聲音，他知道那是什麼，是倒數計時。

多年來他習慣這個計時器，已能分毫感覺它即將滴滴，提醒時間已近終了，那聲低頻，他經歷過。

是視覺最後了，雙眼像簾幕由舞臺兩旁謝落，先落下一層紗簾，使世界模糊，他不再光臨酒家，不將女人帶回，他在街上遊蕩，在夜裡狂奔，他高歌痛飲，在雨中疾走，也阻止不了世界逐漸轉灰，霧靄蒙上，什麼都沙沙的，他轉回家去，狹窄長屋，總是暗黯，他把所有燈光打開，在屋裡痛哭，下了班的母親與姊妹聞聲而來，聽見他哭喊著：「我要看！」

後來的事他記不清了，只記得他站在臥房，窗前矮櫃上還留有他未變賣的家當，一盞飄洋過海的檯燈好沉，底座是實心玉臺，燈罩跑馬燈似地會慢慢旋轉，流光如金。一旁有日本製留聲機，揚聲器，有一只咕咕鐘，一個音樂盒，他最珍愛的膠卷攝影機……。

他轉過身，老式通鋪發出檜木香味，姊妹四人，坐在床沿，洋娃娃似的，全都裸著身子，她們雙手摀胸，又一起張開，白玉胸乳如滴，母親站在一旁，導演般口中喃喃，綠色蚊帳低垂，他像是從管中窺物，視線已經縮到最小，但亮亮的，正在發光的，是那四個勞苦的姊妹，她們嚶嚶哭著，像剛過門的新娘。

黑幕完全落下之前，他漫步走到了床邊，逐一輕撫她們的臉頰，胡亂擦撫著眼淚，「我不看了，」「我不看了，」「妳們別這樣。」他喃喃自語，窄屋裡哭聲一片，咕咕鐘突然開始以音樂報時，是華爾滋舞曲，小小人兒群群起舞。

記憶至此，他淚流滿面，那夜之後他安分做一個盲人，直到母親謝世，今夜他幾乎遺忘了的所有一切復返，他還想再看，如湧的往事裡有一幕絕美的畫面，他伸手欲按掉計時器，讓時間永不停止。

時光迢迢，他如歌如醉，但他忽地覺得夠了，再深入回憶，人生恐怕無以為繼。於是他放開手，讓計時器如往常那樣，滴滴滴。滴滴滴。

走到盡頭。

巴洛克

Baroque

胡淑雯

巴洛克

B

字母會

因為生病的緣故，我請了長假。兩年後重回報社，他成為我的主管。上班第一天，主管問我，休這麼久幹什麼去啦？我說懷孕了，去生孩子。主管笑一笑，並不當真。當時，編輯作業在「全面電腦化」之後，積極而焦躁地走向「全面網路化」，改稿、下標、請假、罵人，一律上網。男同事在系統測試期間，把「請假練習」當作搞笑遊戲，人人都請了一次流產假。這很真實地反應了，「流產」在請假表中，是一個虛設的詞，已婚女人不好用，未婚女人更不好用，愈是切身的，愈是掃進玩笑裡。

幾天後，我記得是三月十九日，陳水扁受了槍擊，隔天就要投票了。報社替自己圍上拒馬，篤定要扮演心虛的罪人。這家被稱為「黨媒」的、藍到發紅的報社，在老練而世故的經驗裡得知：假如國民黨的連宋當選，綠營的群眾必將怒聚而來，砸爛他們的財產。半夜兩點半，拒馬工人還在忙，而我正要下班。涼爽的春夜，湧動著潮溼的不安，整座城市像一鍋熱火上煎熬的湯，等著熬過這一夜，看湯鍋會不會在隔天爆炸。許多人家亮著燈，電視還沒關。這一夜很長，我決定散步回家，在馬路的邊上躲車，比暗黑的騎樓下躲人安全，路面上那些坑洞與狗屎，像壞朋友一樣親切。一輛轎車跟上來，慢速尾隨，我警戒地拉開距離。

對方輕輕按了兩聲喇叭，像兩聲淡淡的咳嗽。是他，我的主管。

「妳住哪？要不要送妳一程？」

「不用，我家很近。」

「女孩子家，太危險了吧。」

女孩子家？好陳腐的說法。就像「老百姓」這詞彙，瀰漫著一股髮油的腥味。

「很安全的，」我說，「半夜裡追我的，只有小狗而已。」

「讓我送妳吧。」他停下車，打開車門。

「順路嗎？主任你住哪？」

「南港。」是啊，我聽說了。他們傾向在南港或汐止買房，在報社得到一份工作，就打算做一輩子，不換不移。

我上了車。在一根菸的時間裡，向主任報告了家庭狀況這一類、面試或問卷必答的資訊。下車。謝謝。晚安。再見。

隔天，大選之日，提早兩小時上班。傍晚五點下樓，推開鏽鐵的大門，「主任？你怎麼會在這裡？」昨夜搭過的那輛車，停在路邊不遠處。

主任熄了菸，隨手指了指，「來附近看朋友，好巧，我來拿車，正要走呢！」

「今天提早上班……」

「我知道。順便送妳吧。」

一上車，我就發現事情不太對。車子是熱的，一點也不像主任宣稱的，停在路邊等著發動。我不作聲，讓車子轉上忠孝東路。主任打了方向燈，車子開始向左切，「主任，」我說，「報社在正前方，不需要左轉。」

「我們去別的地方，我有話跟妳說。」

「但是我現在要去上班，」我的聲線變硬了，「有話進辦公室再講。」

他遞來一支菸，我不抽。我並不想跟你交朋友。

「給我幾分鐘就好，」他將方向盤向左旋，一邊將脖子扭向右，直直盯著我，說，「我知道妳很喜歡我，我想讓妳知道，我也很喜歡妳。」

我的腦袋一空，感覺自己的背脊化作刀鋒，豎起來，一身金屬的冷。

「主任你誤會了，」我拿出該有的世故，「假如我曾經做了或說了什麼，讓你產生這樣的誤解，我現在就跟你道歉。」幹，我根本不想道歉。

「我誤會了？」主任繼續開了一段，將車子停在一處潦草的工地外緣。

「對不起，我跟你之間，真的沒有，……這種東西。」我實在找不到合適的字眼。

「是我誤會了嗎？」

「是的，你誤會了。」我一點也不想再重複「誤會」兩字卻不得不一再重複，深怕他「誤會」我口中的「誤會」是什麼意思。

投票日，全民放假。工地內外空無一人，滿地皆可置人於死的鐵器。主任是個斯文的人，但我並不瞭解他，我應該害怕。

這片工地位在「信義計畫」的核心區，預告著一坪百萬的富豪生態。主任點起菸，深深吸一口。這片工地跟他的夢想一樣，面向著未來。未來許諾了一間華美的屋宅、年輕的女人、泳池邊的宴會、錢的狂歡。面向未來的時候，我們身在廢墟般的工地裡。一切尚未完成，泡沫就不會破滅。

「妳那樣看我，那種眼神……」主任真心困惑著，「妳怎麼解釋？」

「我不知道自己的眼神有什麼問題，我在辦公室裡，看誰都是同一種眼神。」

他傾過身來，想要親吻我。

我將身體一斜，躲開了。「主任我們該回去上班了。」也許我應該下車，又怕追跑間反而製造衝突。而衝突是會讓人心跳加快的。

「對不起，再陪我一下就好。」他點了另一根菸。

「主任我今天提早出門就是為了要提早上班……」幹，難道我非得像個烈女一樣失控叫喊才能脫身嗎？

「放心，我不會讓妳遲到的。」他說。

「你用掉的是我的時間，我的時間，」我頓了頓，像是為自己的話打上重點，「我現在就要離開，我有權決定要怎麼浪費我的時間……」

再一聲對不起，他發動車子，往報社駛去。

一趟由迴轉帶動的傾斜，打破了歸途的沉默，「我真的誤會了嗎？」他又再問了一次，而我已不想再做任何解釋，卻見他穩穩地將身子靠過來，再度探問擁抱與親吻的可能，彷彿我這「女孩子家」從頭到尾盡是言不由衷，玩著欲擒故縱的遊戲。我打開車門，他於驚愕中緊急剎車。

下了車，全身止不住地抖。在春日的暖風中，感到一種透骨的顫慄。我急忙打電話給我的醫生，問他，「你那邊幾點？……先別說，讓我告訴你我這裡幾點……」我的整副身心都在抖，我必須確認我所意識到的時間、也是對方正在經歷的、寫實的時間。我害怕自己剛剛經歷的只是一場幻覺。

七點的編前會，提早至五點半。選票還沒開完，採訪中心繳出的稿單，滿是「連宋勝選」的預想，編輯們在桌面下傳送賭金，我也下了兩注，為我投下的那一票打打氣勢。

八點鐘，總編輯重新召開會議，選局翻盤，陳水扁險勝，報紙文章必須全面改寫。那些從報頭設計到報尾、原本言之成理的敘事，瞬間就成為狂言與笑話。彷彿新聞並不是一項「事實工業」，而是某種「被事實驚嚇、否定」的意見書，在事實的屁股後面困惑地追打著，得不到解釋就自己生出一個。

連發行人都下樓了，穿戴著一身華麗，隨時可以娶妻或嫁人，參加時尚派對，或出席頒獎典禮。發行人緩緩走進會議室，說，「這一仗我們打輸了，沒有關係；記取教訓，下一仗就會打贏。」什麼是「打贏」？難道外面的人說的都是真的？請問發行人，你說的「我們」是誰？

燈光暗下，眾人面向牆壁，投影機打出新的稿單，為意外的選局給出一份新的解釋。同樣言之鑿鑿，同樣言之過早，同樣言過其實。忽然間我就笑了，愈笑愈是笑得歇斯底里停不下來。一雙大手自身後壓住我的肩膀，是海豚，我在報社最好的朋友。他在我耳後細聲說道，「忍一下。」海豚以為我笑是因為我們即將平分那兩萬塊的賭金。我回身，與海豚交換一個互信的眼神，卻在轉身時瞥見遲到的主任，站在會議室門口，躲在門縫邊的陰影裡，直直盯著我。

上班時間，我起身調整電腦螢幕，看見他正在看我，眼珠裡養著一團安靜的火。去茶水間煮咖啡，他早已等在飲水機前。上廁所，他站在通往女廁的走道上，默默抽菸。下班，把車子停在大樓出口等候我。他說我愛妳，因為我知道妳也愛我。我不理會，我不怕他。「我知道妳在生我的氣，請原諒我是個已婚的人。」那份固執的，對自己所言之事的確信，像一則由錯誤訊息衍生的社論，不容更正。我打算將主任的事告訴海豚。我需要人證。我所經驗到的、跟主任經驗到的，並非「同一件事」。這是一件缺乏目擊者的「雙人事故」，我必須積極述說，在自己的說詞當中界定事件的性質，並且跟第三人講述，將那不在場的第三人請進場，以確認自己的可信度。

假如主任沒說「我知道」、「我知道妳也愛我」，則我不會有如此強烈的敘事衝動。我在他的「知道」當中，在他自以為是的堅信當中，感到一種被決定的恐怖，妄斷的恐怖。我認得出那種恐怖。我去過他所在的那個地方。

所以我不打算「向上通報」，向權威要求清掃與保護。我單單跟海豚說，這事你幫我記下來存檔就好，只要主任不傷害我，這事就不必大張旗鼓。

我靜靜忍受他的目光。那目光不斷摩擦我的皮膚，帶動了無窮的想像力，在他腦中滋生繁複的故事。那些不曾發生的事、我不曾說出的話，像一道又一道濁重的呼吸，沾黏我的髮膚。

有一天，我在電腦前失聲叫了一下，感覺他興奮而發涼的指尖，溼答答掠過我的皮膚。喔，是一隻狗鼻子。副總帶著他的寵物來上班，一隻年幼的奶油貴賓，小小一滴，裝在購物袋裡，在我的手臂上嗅著。

「牠叫克林姆，cream，四個月大。」副總愛憐地介紹他的寶貝，「得了腸胃炎，我不敢把牠留在家裡。」副總說，克林姆跟他一起喝進口礦泉水、吃進口罐頭，「我出門在外，家裡空調一律開著，就怕牠熱出病來。」

我說副總，臺北的春天並不悶熱，為何不開窗而要依賴冷氣？

「我不喜歡灰塵，」副總說，「這跟我不喝自來水是一樣的道理。」

你不覺得這樣很浪費嗎？我說。

妳去看看今天國際版的稿子。副總說：全球暖化與二氧化碳的排放量之間，不存在必然的關聯。

「喔，副總，你真是一個把品味擺在前面的 bourgeois。」我故意丟出這個法語字，因為副總是個崇尚高級法語的、留學美國紐約的、學歷端正的國語人。你只能用外語欺負他。

「這不是品味或階級的問題，」副總摸摸他的克林姆，「全球暖化是個單純的科學問題。」

「從科學的角度觀察，」我說，「密閉的冷氣房對免疫力有害，瓶裝水在運送過程中，經常遭受陽光曝曬而釋出有害物質……」

話沒說完，主任就這麼插了進來，當著副總的面對我說，「這是妳要的東西。」彷彿與我早有密契似的，將一個小盒子擺在我的桌上，並且溫柔地放下一句，「不要再生氣了，好嗎？」

我不知道他在遠處觀察了多久，這個潛行者。在暗中追獵，靜默中不懈地監視。偷偷摸摸然而兇猛而持續地，跟蹤著。不容否認，絕不退縮，堅定不移。為了將我強行擄進他的祕密，他公開了這個祕密。

兩天之後，我在上班前的晚餐時間，到報社附近的小店吃麵。一個漂亮的女人走進來，挑了我對面的空位。粉藍色的套裝，上班女郎的規矩模樣，腿上的絲襪洩露了過時的美感。她掀開辣醬聞一聞，不滿意，出聲說，「這辣椒不新鮮，起碼擺了半年。」她發出的不是呢喃般的自言自語，而是對話般清晰有力的字句，彷彿她身邊有個同伴，而這同伴犯了輕微的重聽。

女人撕開紙套、取出筷子，不滿意地說，「這筷子也是，不新鮮。」拿衛生紙擦拭桌面，「現在的生意人怎麼回事？連基本的衛生都顧不好。」

讀著牆上的菜單，「陽春麵要三十塊？真是好意思。大滷麵七十，牛肉麵一百二。……嗯，今天我已經吃過牛肉了，有什麼小菜呢？」她張望著起身，往冰箱走去，腿上絲襪的裂縫，像一道藏不住的祕密裂上來。

「這榨菜肉絲太油了，真後悔，應該叫炸醬麵的。」她就這樣不折不扣的，把內在的聲音翻出來，譯成話語，「唉，好燙，對面這女的根本不會拿筷子嘛。」

所謂的瘋子，就是像她這樣，心口合一的人嗎？

我埋首於麵湯裡，只敢聽她，不敢看她，像閱讀一份反面教材。我想我還是別把主任的事說出去吧，免得被當作自戀狂。也許我該學學那些布爾喬亞，把祕密當作一套稀有的傢俱、或一隻美麗的寵物來養，將私領域（多麼做作的一個詞）變成一只高貴的皮包，細細擦拭。像名流那樣重視隱私，那樣不情願說。像個成功有自信的人。謹慎的正常人。

編前會後，副總拎著一個薄薄的塑膠袋，晃到我身旁，自袋內撈出三隻瓶子：國安感冒糖漿、雙貓傷風友、三支雨傘標。他吸吸鼻子說感冒了，問我該喝哪一瓶，迂迴地向我證明著，他不是一個只用歐美品牌的布爾喬亞，並且掏出晚餐，大聲地說，「我最喜歡吃碗粿了。」他以準確的臺語發出「碗粿」兩字，果然是個口齒伶俐的、富有語言天分的角色。

事物的秩序大抵如此：一開始密度很高，久了就淡了。

時間的壓迫感如此。人際關係也如此。

主任成為我身邊一個廢物般的存在。縱使燃燒的眼睛從不熄火，但我的皮膚已經不再感到、被注視的燒灼。習慣了，不痛了，類似長期受虐後的情感遲鈍。

三月過後，選舉是非不斷增溫。槍擊案的真偽之辯，把整座城市的心肌扯成兩半，到處潑灑語言硫酸。三一九槍擊過後端上火爐的那只湯碗，顯然沒能熬過去，霹靂啪啦裂開了。我照樣上班，照樣在自己的櫃子裡發現這樣的紙條：「妳昨天穿了灰色的線衫，我穿了紅色襯衫，可見我們很有默契。」「我猜妳今天會穿那件牛仔褲，於是套上馬靴來搭配妳。但是，妳竟然穿了格子襯衫，比我預期的更好，更靠近我的心意。」

唉，我不該打開那些字條的，他的留言令我憤怒焦躁。卻也不得不讚嘆，妄想者是最高超的邏輯手，可以將不相干的線索化作相干。無論我穿的是灰色線衫、紫色背心、卡通T恤、還是棉布睡衣，都絕對可以呼應他的紅色襯衫。他是最最天才的推理高手，沒收一切的意外與偶然性。

我無法停止想像他，無法停止想像「他是如何想像我的」。有時候，我會在他不經意的言行之中，反覆思考這「不經意」是否真如表象一般，可不可能「其實」另有別的意思？

他果真讓我與他產生關聯。隱密而難以言傳的、施與受的關聯。我妄想著他是怎麼妄想我的，覺得自己也被他的錯亂「錯亂」了。

那天，我在辦公桌上睡著了，夢見自己走進一片森林，陽光清朗透明，美麗得像清晨，瞬間就黑得像夜，是我該上班的時間，我捨不得離開那些樹，觸摸著樹身一一告別，卻在某棵樹的背面見到他，那個人，在樹影下望著我，我手中浮出一把尖刀，「你再看，我就把你的眼睛挖掉。」然後我就醒了，猛然站起身來，越過半個編輯檯，對著主任咆哮起來。

辦公室響起了細細碎碎的、話語的摩擦聲。

等了好久的流言，瞬間擴散開來。

下班後，副總把我叫進會議室，聽我把故事講一次。

他聽得津津有味，在我提供的細節之外要求更多的細節，彷彿溜進了別人的臥室，挨著床單的皺褶聞嗅著，探勘毛囊與腺體的祕密。真是一個好記者。

「妳自己呢？妳怎麼解釋這件事？」副總問。

「我覺得他有病，他需要看醫生。」
「為什麼妳不早點說？」
「你也知道，我這個人有點反權威……」我笑笑。
「妳希望我幫妳做什麼？」
「好像不能做什麼啊，」我說，「我不覺得這是性騷擾，所以我不主張懲處。這好像也不是過度追求，因為他並沒有追求我，他根本就認為我已經跟他在一起了。」
「妳沒有嗎？」
「當然沒有！」我很驚訝副總居然這麼問，於是我再強調一次：「他有病，有妄想症。他需要的不是懲罰，是治療。」
「但他說的是另一個故事。」副總說。
「誰？」
「……」副總笑得深沉，解剖刀的深沉。

「主任嗎？他跟你談過了？」我調整了坐姿，免得摔出椅子，「什麼時候談的？」

「兩個月前吧，選舉過後，」副總算了算日子，「四月，應該是四月，他主動來找我的。」

「然後呢？他怎麼說？」

「他很苦惱，他說妳纏著他，指控著一些沒發生的事。」

我的肩膀瞬間僵硬，豎起來。

「妳有病史，不是嗎？」

「什麼病史？」我覺得自己像一隻落難的貓，渾身背著理不清的毛。

「上一次留職停薪，妳住過院的，還不止一次，不是嗎？」

我氣得頭皮發麻。然而此刻，會議室的玻璃牆外，種種監視性的好奇並不容許我梳理毛髮。

「你怎麼知道我住院？」我問。

「海豚告訴我的。他沒有惡意，他也很擔心妳。」

我走出會議室，穿過流言籠罩的編輯檯。

眾人的沉默漫開來，糾纏著驚訝的憐憫，繞過我發麻的皮膚。那眾人的善意啊，荊棘般蔓生著，洪水般淹上來。虎視眈眈，彷彿饑饉或疫病。

「海豚很擔心妳。」副總說。

「聽說妳上一份工作，在公共電視，跟一個男同事也發生類似的事。」

問題是，就算是一個苦於幻聽的人，也有實實在在聽見的時候。

就算是一個自溺的鬱症病患，也總有該哭的時候。

就算是一個偽病狂，在自殘自傷只為賴在醫院之餘，也總有真的生病的時候。《慾望街車》裡的白蘭琪，縱有嚴重的說謊症，然而，當她說妹婿試圖施暴於她，她說的是真話。

我定期看醫生，我接受診斷，成為一個病人。主任不覺自己有病，不曾接受診斷，因而享有「正常人」的身分，取得語言的資格。他們說，主任在報社工作十幾年，不曾發生這種事。是這樣嗎？沒有前科的人不會犯這種事，倒是病過的人會再犯病。是這樣嗎？一次不算數，必得重複才算數？而我只能流盪於孤立之中，孤立在「事物的單一性」裡？

為了證明自己沒那麼瘋，我承認自己曾經發瘋，瘋到半夜自床上起身，拿刀將自己的長髮砍斷（為了服從那無可抵賴的、「真理」的聲音），瘋到看見自己的裸照登上Vogue封面，驚慌失措將雜誌偷出咖啡廳，卻在回家的路上，於報攤撞見剛上架的Elle，翻開內頁，看見陌生男子與我的合照。瘋到以為他全心愛我，並且真實而痛切地經歷了，此生最激烈的愛情。

除非瘋狂無可抵達的，高峰經驗。

他是我在公共電視的同事，一個剪接師。我能說的只有這些，很難再多了。因為我已經忘了。而所謂的復原，就是遺忘吧。我不記得自己做過什麼，我只記得他好愛好愛我，我一生從來沒有那樣愛過。那時我好快樂。

但是現在，我想我擁有足夠的現實感去承認，承認那段戀情從頭到尾，全部出自我的誤認。我誤認得那樣深，以至於，那深刻的被愛的強烈激情，並未隨著我的「清醒」而逝去。你曾經在夢裡痛失你最愛的人嗎？你驚嚇地張開眼睛，分不清自己身在何處，在哪一段時間的凹痕裡，直到你恢復知覺，確認自己從睡裡醒來，才放寬了心，知道死去的其實沒死，然而那痛心的感受，那痛苦至無法呼吸的感受，是不會走逝的。你於假夢中真切地體驗了，痛失所愛的感受，並且真的、痛到、無法呼吸，唯有醒來才能解救，才能解除那絞刑般的窒息感。你在醒來許久之後，仍感到疼痛，你努力呼吸，讓自己復活，在緩緩恢復平靜之後，摸到一臉自己的淚。

就算事情不是真的，愛與痛是真的。

那一段，此生最激烈的愛情，除非瘋狂無從抵達的高峰經驗，真的都是真的。

卻也都忘了，像個老太太，逝水中撈不回漂走的細節。一如卡夫卡筆下，那隻變成人類的猿。

被捕的人猿關在牢籠裡面，發現只有人類得以在籠外走動，於是他學習做人，以人的思維洗掉猿的記憶。為了不再被關進牢籠，我努力革除過去，練習遺忘，我跟那頭人猿要的都不是自由（這世間哪有那麼好的東西），只是出路而已，只要能夠出去就好，管它向左向右向前向後，只要能夠出去就好。

假如我緊緊抱住過去不放，執著於那些記憶，就無從取得如此優秀的成績。醫生總愛說：有進步，有進步，妳進步得很快……。假若我執意於那份、對剪接師的瘋狂愛情，大概就只能繼續待在那邊，無從來到這裡。

而我總算來到這裡了，來到自己的書寫之中，倖存者一般，使用理性的話語（或者，演練著話語的理性），陳述我的瘋狂。我說，「我知道我曾經病著」，這句話的關鍵詞是「知道」，以及「曾經」。我知道，我曾經。這意味著，今日的我知道我已經不再，不再「在那裡了」。

當我說我「不在那裡」，意思是，我正在離開。當我說我正在離開，意味著我曾身在那裡，我正從那裡過來。我無意否認自己在彼方的人生。

卡夫卡的人猿，以人類的語言追憶著過往身為猿猴的感受，但是他說自己再也回不去了，再也無法重探猿猴的內在狀態。他襲取了人類的特權，養了一隻母猩猩，在她的陪伴底下獲得安慰。在那幼小的，被馴養的母猩猩眼中，藏有一絲尚未馴化的、野獸的凶光。那種光，只有曾經身為人猿的他還記得，一般人是看不出來的。

那隻母猩猩眼中，埋藏著一個第三空間。一個介於記憶與遺忘的，第三地。

我在主任眼中，認出了那個地方。也在自己眼中認出了，那一種，絕對的燃燒。

巴洛克

Baroque

顏忠賢

巴洛克

B

字母會

「我想我大概演的是死神，」我對女王N說，她聽了卻大笑。

其實，我在那裡始終想著《霍爾的移動城堡》那部電影裡的那個魔法師霍爾的狀態，那電影裡大多是老少女打量他的驕縱與胡來，有一段是他半夜出去亂飛干擾並捲入不明飛行物的空戰，有一段是他灰心他頭髮變了色不美而竟然全身開始崩爛，最後一段是他在皇宮裡和所有現身的妖魔鬥法，那老少女在旁邊始終看得一頭霧水，而在不清楚如何分敵我如何是好之時始終擔心，也在時有時無的捲入陰影和陰謀過程始終生氣……老是又著急又同情。

我覺得我有點像霍爾，有時清醒有時不清醒妖魔的狀態，有時老想逃離有時又不想逃離妖魔的狀態，但或許其實只是像那老少女，只能老是又著急又同情。

「開場的時候可不可以請你幫忙串個場……」女王N對我說：「在黑布底下，會有一個女生，她穿女僕裝，你要走過去把布掀開，她會看著你露出害怕的表情，但你會對她說『少囉唆，走開。』之後她走了，你就蹲在他原來的地方，再把黑布蓋到你身上，蹲下來，這時候，我才會進場，我會在等音樂沒聲音這一段進來，然後掀開你身上的黑布，你再擡頭看著我，我會露出很驚嚇的表情，然後逃走，這時候燈會暗下來，第一場才算結束，你就可以下來了，然後正式的表演才會開始。」

但真的開始演的時候，始終還是我最無法忘記的卻是當我在黑布裡看著觀眾的那段時間，那段時間拉得很長很長，因為放音樂那邊出問題了，所以拖了一會兒，但我卻覺得非常地久，像整個世界的時間都停止了那麼久，我聽得到所有最細微的聲音，很多人的呼吸，光暈的變幻，空氣的沉浸，而且我是蹲著的又不能動，才一下子腿就麻了……，好久好久，我跟自己說，不能動。另外，則是因為那黑布很薄，雖然蓋了起來，我仍然可以依稀從布看到外面有光的觀眾的一個個人頭都正死寂地注視著我，但我始終看不清楚他們的臉。

但是，現場卻是完全在可笑地失控中，整個演出其實是一直在出差錯的，那女僕一出場就高跟鞋拐到，後來女王N抱她起來時又跌倒，還摔得有點狼狽，而且是演出當中的他們始終都在笑，觀眾也沒有很在意，就這樣……那古怪的既色情又殘忍的戲就一直這麼可笑地演下去。

我始終在想霍爾那種全身開始腐爛的狀態。

我也始終想著那段路，去那個密室看那個SM表演之前迷路的那段路，女王S帶我一路走了好久，甚至，走到後來，不知為何就迷路了。雖然，後來我發現，那地方其實不遠，只是在很混亂的巷底，很容易走錯路也很不容易找。剛走進去的時候，我有點怕生，看了一下現場其實不大，前後臺都很亂，在那裡，我有點不好意思，因為陌生，也因為不知如何是好。但那裡頭有人在看漫畫，有人在整理道具，沒有人注意到我，只有女王N和女王S繼續跟我說話。

「打火機上有『變態』兩個字！」一開始時女王N出場自我介紹：「我今

天演的是危險分子！」但她的臉上卻一點都不危險邊說邊笑，穿的黑色馬甲有點性感，但也說不上變態。

那是舞臺上的一個環和女王用手拉起很長的兩條布，很普通的兩塊白布卻就把她全身懸吊而起，一如一朵綻放的鮮豔花瓣，或一種現代舞劇的張力充滿的舞姿，那是某種舞臺上的簡陋而尋常的道具，但是女王N一上身，卻就一如特技表演般地飛吊在半空中，一如一隻炫耀羽翅的喜鵲那般招搖又歡愉。

後來，下一場中的女王N拿出一支長長的管子，她說是吹箭……很長而且顏色很深，但卻是塑膠的，吹箭在我印象中應該是某些原始部落的武器，箭頭上面塗毒藥，射到人身上會致命的。但，在這裡，那塑膠吹箭卻有點像玩具，給小孩玩的花樣，在這種應該是很色情很邪惡的地方出現，有種奇怪的荒誕，而且女王N就吹射在那也上場的女僕掀起短裙的雪白臀部上，變得有點怪，我會想到遊樂園那種用飛鏢射汽球換獎品的遊戲，反正沒什麼色情感，雖然那女僕被射中時會發出好像呻吟的聲音。

「其實仙女棒的火花應該是不會痛，但因為之前吹箭射到，她會怕，但也會變得很亢奮……」N一邊拿著仙女棒燙她一邊對我們說，她解釋著這些令人不安的痛。

但是，始終納悶的我不清楚所有的狀態，一如我不清楚仙女棒也可以是SM表演的一部分，不清楚她們有多熟或多胡鬧，不清楚我所理解的多性感或多殘忍到底對她們而言是多可笑。

我注意到女王N胸罩和馬甲的背後可笑地裂開而脫線了，她並不知道，或許知道了也不在乎，她正專注於下一個動作，然後又插到她大腿側，她還一邊拍打她頸側一邊插一邊舌吻她，為了讓血流出來，一如在抽血找血管，後來就開始打屁股，但愈來愈用力那女僕發出呻吟的聲音。「剛剛要找血管，找不到。」女王N說，雖然，過程一直有些古怪的事還是一直往下進行，而且雖然她舔她的血，眼神卻是關心的，後臺在笑，不知發生了什麼事，但女王N繼續綁女僕，到最後，她又把她舉抱起來在肩上，這時候，大家都很緊張，因為之前發生過的意外，因為怕她會再跌倒……她穿那麼高的高跟鞋還就這樣舉抱起來，就燈熄了。

後來，那SM中的著名蠟燭也出現了，女王N繼續拿起來滴在女僕的身上，她並沒有掙扎，但有顫抖一下，「其實不會痛，這是特製的蠟燭」她說：「有沒有想滴看看！」很多人靠過去，上臺，N滴了一滴在我手上，真的不痛的我不知為何也跟著大家向前上了臺，一起接近了蠟燭那火光吹向我。雖然只是飄過去，但有熱度也有香味的，更後來她們兩個人到觀眾席，結束了上半場，燈亮之後大家鼓掌，接著是中場休息。

那時候，我愈來愈覺得滑稽到出現某種難以明說的錯亂，因為我對於這些有點色情的更SM的女王對女僕的殘虐的玩法，沒有太多可怕的感覺，因為後來的我們，手上都還拿著吃了一半的PIZZA的那些女王穿SM行頭，仍然是那麼地自然而然地開心又放心。

即使在現場一如密室的我還是很難想像大家怎麼同時吃著那糊著的熱熱的黏黏的好吃餅皮，有著夏威夷口味和義大利口味那種又香又辣地充滿乳酪和蘑菇調料的氣味的可口迷人，但卻仍然專注地看著這些她們都堅稱我可從沒做過的可能是血肉模糊的色情又殘忍的表演。

那時候，我還是始終在想霍爾那種全身開始腐爛的狀態，而且我才發現其實或許我只是那電影裡的老少女，完全地只能老是又著急又同情。完全不清醒也逃離不開那種妖魔的狀態。一如……我所想的自以為是「死神」的解釋，不正是可笑的我對這次表演或對「SM」的所有誤解的縮影。

因為，女王N最後半嘲諷也半安慰我地說，我們對你很好……因為後來安排的演法不太一樣，本來更好笑，雖然你蹲在那裡，但打開黑布，卻很生氣，要拿鞭子打我，但拿出來卻是鞭子的手機吊飾，要拿麻繩綁我，但卻拿出來中國結的紅絲線……女王N邊說時女王S在旁也在笑，我也只有跟著尷尬地笑。「本來就只是要安排一個可笑的開場，只是需要一個可笑的丑角，其實本來只是個可笑到近乎尷尬的怪叔叔，但絕不是你想的可怕的……死神。」

◆

那時候，我還是老想起S在迷路的一路上說過好多她的小時候的故事，令我很著迷。有一個故事，或說有一個夢，我記得好清楚，是關於紙娃娃。

她說，太多事情在太小的時候發生，並不瞭解那是什麼意思，就過去了，現在想起來，還滿有意思的，但是，也還滿恐怖的……那是在國小五年級的時候，不知為何……全班風行紙娃娃，近乎瘋狂地迷戀……同學之間流行著交換各式各樣的紙娃娃衣服和配件。

她說，後來，不知為什麼，本來也很少和同學在一起玩的，但是，大概是因為那時候的我開始愛漂亮，也可能是發現了月經太早來了，所以，常常有種莫名的不安，情緒化，就是整個人老會胡思亂想，分心，或許也就是變得很沒安全感。所以，那時候的自己好像想抓住些什麼，想跟大家更接近一點，後來，跟著大家一開始收集以後，我就反而比所有人更投入，甚至，就是更迷戀了。

我收集了好幾位漂亮的紙娃娃，一開始，也一如同學般地樸素，大多只穿著內衣褲方便變換造型，但是，後來，就不一樣了，我開始在紙娃娃放入所有的心血，甚至將每天口袋裡的所有錢，全部投入了紙娃娃身上，所以我擁有厚厚一疊的各種顏色款式的新潮衣服、鞋子、帽子、假髮、髮夾、包包、飾品，美麗而繁複的她們的行頭，時尚的想像，扮演的更多奇特，一如少女對偶像的某種幻覺式的無限擴張，近乎應有盡有，而且花了所有的心力在用各種方式甚至每天變換方式來搭配，來演，來展，來分類，來收藏，一如一個舞姬，一個名媛，一個貴婦，一個太美而難以逼視的公主。

她們就這麼地夢幻，這麼地像一個我內心的對美貌的無法抗拒的期待的那種縮影，開心近乎虛榮，炫目近乎世故，明明知道這裡頭有些太不尋常的既華麗又黑暗的什麼作祟，但是，就是沒辦法，像一種癮。那時候，我甚至把吃點心甚至吃午餐的錢全部都省下來，每天總是好餓好餓，要忍住其他的誘惑，只為了在紙娃娃的美麗上做我當年人生的孤注一擲。

其中，有一個長髮紙娃娃我特別愛，她的美是那麼地動人，比起其他小甜甜等級來說是那麼地不一樣，看得出她是比較妖又比較豔的狠角色，也因為如此，她太常現身了，由於經常由她上場和同學的紙娃娃比美較勁，所以，就受傷了，我好心疼，常常細心地跟她說話，將她的手腕的有些裂痕，用膠帶非常小心地修補到近乎看不出傷勢的美麗模樣，我真的好難過，一如自己受了傷般地端詳許久許久，然後，花了一整天在細心地包紮起來，有時還難過到一邊包紮就一邊唱歌給她聽，還低聲地常常跟她說：對不起害妳難過，但是妳還是好美好美的，就這樣那年的那個春天好美好纏綿。一如陷入戀情般地好難忘，但是，後來，或許也因為這樣地著迷，反而，就出事了。因為，到了學校要放暑假前那一天，老師交代了所有放在學校的東西都要收好或帶走，忙了好一陣子打理，正當我收拾抽屜與書包裡的紙娃娃時，有一個最要好的女同學走到旁邊看著我的紙娃娃，欲言又止，終於她指著紙娃娃對我小聲地說：「這些……妳不丟掉嗎？」我說：「為什麼要丟掉？」接著她表情變得怪怪的，好像很害怕，也好像要談起什麼禁忌。那般地小心，看看前後沒人了，然後才小心地把我拉到旁邊，還緊張地壓低聲音說：「我媽媽說，七月鬼門開之前要把她們燒掉！絕對要燒掉喔！因為，她們已經和我們在一起太久了，所以，會變得很糾纏，所以，就算是撕爛或丟掉，她們還是會爬起來找到我們，尤其，到了七月鬼門關開的時候，鬼就會一直附在紙娃娃身上，這樣，就更慘了，她們就不回去了！我們也就糟了，她們一定會來找我們的！」一直發抖的她說到後來已然嚇得快哭出來了。

那時候，我還不知道怕，總覺得此刻紙娃娃們在旁邊，她這麼說，就算那麼小聲，還是會被她們偷聽到的，但是，雖然有點害怕，我還是把紙娃娃帶回家了，因為，對我來說，她們正是我那段時光以來所有的心事，最心愛而心疼的心力的聚光。她們就是無可取代的……我的女兒，我的女王，甚至，就是……我。

後來，就走到房間把書包裡那疊紙娃娃拿出來，放在燈下的暈黃光線裡，用好長好長的時間把她們和她們所有的美麗行頭都展開，完全忘了同學說的那些害怕，只反而更小心翼翼地全部地把她們都一起放在桌上，就像是撐起了一個最夢幻的時裝秀場的現場，一個當季最潮名牌的櫥窗，一個無比時尚的最引人注目的展覽，就在鎂光燈閃起光澤渲染到全城的無比放大又聚焦，令人無法逼視地華麗。就這樣，我好開心，好開心，想著整個夏天要帶她們一起在家裡玩，或一起去旅行，但是，想了太久，太累了，就這樣，一坐在床上，看著看著不知怎麼就睡著了，醒來時燈已經關了，那時，也沒有多心，只是累了，也只是心想可能是媽媽幫我關的燈，還替我蓋了被。但是，一翻身，黑暗中突然從床的側邊緣伸出許多隻小手，發出咿咿呀呀的恐怖聲音，低聲但是淒迷而籠罩，像是一群不明生物或亡靈，她們動作很緩慢，但是又很持續地接近我，一如那種迷霧裡移動的黑影，迷濛不明但是又無比接近，她們那麼地哀怨又癡迷，所有的瘦小身影仍然那麼美，但是卻那麼令我害怕，她們似乎都很想找我又很想爬上我的床，充滿了某種很難明說的困惑與糾心，每隻手都好像受了傷那般地有點黑黑髒髒的，我認出來了，是她們，因為，她們就是我玩傷的，甚至，其中還有一隻手的手腕就貼著膠帶，她是我最愛的受傷的長髮紙娃娃。她就這麼地遲緩，低聲地唱著我唱給她聽的歌，但是，仍然一直想辦法，接近著我。在聽到那歌之後，我太害怕了，就這樣邊驚嚇邊衝出房間，想要去找母親。但是，卻看見一群紙娃娃們占據客廳開會，突然全部轉頭直瞪著我，我看到最疼愛的長髮紙娃娃似乎是娃娃群的女王，她對其他的娃娃們說：雖然，她很愛我們，但是，她還是害我們受傷了，所以，唉！還是不能留情，這一切都是命，你們只好要將她帶走，免得她說出了她看到的這些。

我看著她們一步一步向我走來，前進的方式像傀儡一樣，每個關節卡卡的，嘴巴全都咧著笑，嘴角直直咧到兩頰，我一時昏過去，醒來時平躺在客廳，手跟腳被綁在地板上，整個身體被她們用細細的線一條一條繞綁著我。長髮紙娃娃後來跳上我的胸口站在高處對大家說話，手裡握著刀子在我身上，好像在商量著如何下手，突然她們好像達成共識般歡呼著，長髮紙娃娃爬到我的臉上看著我，對我笑咧了嘴，還一邊唱著歌，然後慢慢地也高高地舉起她手裡的刀，就往我眼睛插。

那時候，我才從夢裡驚醒，從床起來，房間是暗的，所有的紙娃娃都不見了。女王S說，我可笑地被自己嚇哭了，因為又著急又同情她們，但又極度害怕，但就是完全逃離不開那種狀態的恐慌。最後，雖然發現那只是夢，但是，奇怪的是，那個月的月經正好在那一晚就來了，而且鮮紅的血就從我的雙腿流下，像發生命案一樣地誇張，大量而濃稠，染紅而流滿了床單。

巴洛克

Baroque

黃崇凱

巴洛克 B 字母會

跨年那一夜，她把自己切成四等分：九點到十一點，十一點到一點，一點到三點，三點到五點。然後放自己昏睡到八點提醒鈴聲響起，她拖著身體，倚坐浴缸邊，放一缸熱水。入浴劑將水渲染成黃綠色，讓她想起小時候用的巴斯克林。浴室充滿蒸汽，她輕舒一口氣，吸進滿鼻的清潔氣味。

她仰頭靠著牆沿，覺得自己像顆蒸籠裡的包子，正在被過多的水分浸透得軟綿綿。背部感覺射出的兩道水流在沖打肌肉，潮溼水氣滲透肌膚毛孔，緩緩消毒她、殺菌她。她一點一滴清洗自己，感覺汗漬、汙垢在霧氣中漸漸分離。隨著清潔感一個刻度一個刻度爬升，痠痛、疲憊以及過度摩擦的阻澀感跟著擴散。熱水的熱能在發散，與周圍的水分子彼此振動，她泡到有些暈眩，起身抓了浴巾，擦乾身體。彷彿一口氣游了兩千公尺遠上岸，她吹乾頭髮的時候，覺得只要躺上床、一沾枕頭大概會立刻睡死。沒想到會這麼累，本來還以為能參加總統府前的元旦升旗典禮呢。

幾個小時前，第四號男人過了約定時間二十多分鐘才現身。看起來像是從哪個跨年趴喝得小茫，突然想起還有約，匆匆趕來。淡淡酒氣從他的呼吸和冒出的薄汗散開，她要求對方先刷個牙，沖個涼。男人搖搖晃晃走到浴室前，扶著門，褪下衣褲，光著屁股走進去。她從毛玻璃間隱約看見男人刷牙擺動的頭，漱口聲。男人大著舌頭，瑣碎講解右手上臂刺著的NBA籃球員Kobe微笑肖像，左手下臂內側紋上Kobe專屬籃球鞋logo（來自日本刀鞘概念喔），以及一句球星名言「Hate me, because I desire your great, great, need at all costs.」（哥德字體就跟他華麗球風很配）。男人說自己在運動用品店工作，每天伺候客人的腳穿穿脫脫，聞遍千百種臭腳味，他現在想要別人伺候他。他要她吸腳趾，一隻一隻慢慢吸過去。她第一次遇到這種奇怪要求，想說是跨年夜，就順著人家吧。男人從隨身小包掏出酒精乾洗手隨身瓶，備好溼紙巾，遞給她。男人的眼瞳浮現絲絲微血管，顯然累了。她在對方腳趾噴灑酒精，以溼紙巾擦拭完畢，張嘴。男人在她一一吸吮腳趾的過程中，興奮如獸低聲狺狺，埋頭在枕頭中，蠕動如蟲。她慢慢往上，銜住重點，濃墨重彩地吞吐，男人反而平靜和緩，萎縮在她口中。接著是柔柔輕鼾。她可不想被四號打壞結尾，硬是翻身跳上他的臉，蹲姿磨蹭，意圖喚醒他。四號惺忪，伸手撫摸擠在眼前的肥厚大腿，她同時把握住他，逼他膨脹。她仰頭看見頂上倒映的自己，仿若安格爾畫中的多肉少女，壓迫著底下一具精瘦軀體。他們總算達陣。四號完事後，臉一偏，套子無聲滑落，帶有酒氣的體液滲漏在棉被上，打起鼾來，氣勢昂揚。她觀察身旁的陌生人，心緒浮亂，支著臉頰，回想一夜荒唐。快到五點時，她搖醒四號，讓他起床穿回人樣，四號滿目泛紅、腳步虛浮地離開房間。她裸身在床上，盯著鏡中的女體，閉上眼睛。體重像多了幾倍重力陷落下沉。窗外透著逐漸稀釋的黑夜暗度。

起初不過是夜裡無聊，登上交友軟體，放幾張一指遮三點或乳溝照，取個自嘲的小龍妹暱稱；要不上批踢踢西斯版，跟著人家半夜回文、貼圖，信箱馬上塞滿約炮信。程序總差不多，在幾個通訊軟體間切換，來回交換幾張照片，幾句問候，時候到了就怒打一發。時間拉長，來來去去淘洗過幾輪，剩下能聊兩句，除了肉體之外還有關心的不過一兩人。在這個多肉植物大受歡迎的時代，多肉女子仍被誤會成米其林輪胎人，與任何性感形容沾不上邊。其實自拍抓個角度（由上往下俯角顯臉尖、側臉或半臉不看鏡頭、瀏海分邊遮臉），善用姿勢藏肉（雙手抱胸、身體側坐曲線、斜躺單手捧胸托高），再修個圖，照片裡的胖就只胖在重點。胖子分兩種，可愛的和討厭的。可愛的胖子要開朗、樂觀，甚且身手靈活，律動的肉看上去常比瘦子多一層動感。但那得讓關節承受多大重壓，人們往往不明白。於是可愛的胖子終究要變成討厭的胖子，陰鬱、多病，行動遲緩。在她工作的速食店，制服上身直條紋襯衫把她的身體線條修飾得略小半號，下身則是渾圓寬廣的深藍色A字裙，頸脖綁著細絲軟垂的蝴蝶結，令她有時擔憂帶著小孩買兒童餐的家長難免聯想到這些速食將會在那些細小的骨肉間堆積脂肪，堆疊出眼前穿梭在油炸臺、飲料臺和外帶窗口的移動活體。

她當然討厭那些已經瘦得像鳥的女生，開口閉口就說哎呀最近胖死了要節食要運動要減肥什麼的。可是她做為人畜無害的好姊妹，善於傾聽，總是盡責陪伴那些瘦朋友喝下午茶、逛週年慶。朋友們好心介紹過她各種減肥辦法，茶飲、禁食、節食膠囊、甲殼素、針灸減肥、熱有氧、拳擊舞等等，只差沒去做抽脂、胃繞道手術之類的侵入性治療。她姑姑老說，可惜我這姪女這麼乖、個性這麼好，就是大箍，遮大欉。好像她全身優點都平衡不了體重的砝碼。胖女生的命運常落入兩種角色：不是恰北北的強力熊女，就是被視作大體積的癡肥靜默。讀國中的時候，她趁家人不在的空檔，在爸媽房內的全身鏡前檢視赤裸的自我。她端起沉重的膨大中的乳，居然可以舔到自己的乳頭。她對著鏡中滿滿的肉攤開，想看看每個月流出血的部位。她努力從撥開皺摺的肉中，試圖看進最裡面的幽深體腔。她漸漸熟悉下身孔竅的位置和功能，有時來潮，就著平日拿來擠痘痘用的摺疊鏡，觀看正在吐血的下體，嘔出衛生棉上的一面沖積扇。她的體內養著一座任意門。她知道適度摩擦、撫弄，它就會帶著自己遁入另一個時空。

好不容易掙扎度過青春期，到了大學時代卻看人家在交友論壇寫身高減掉體重的數字要超過一一〇才有競爭力。她算來算去，連九〇的邊都摸不到，只好作罷。她開始把目光放在那些大尺碼男孩，尋找不會嫌棄胖子的胖子。當她找到伴的時候，像是一個肉販遇見另一個肉販，秤斤論兩地撫弄彼此身上的肉，評估欲望的重量。體重不再是困擾，而是連結兩個人的羈絆。她喜歡坐他摩托車後座時，雙手環繞厚厚的油脂，偶爾掐起一把泳圈；她也知道這樣貼近的時候，他的背會感受她乳房的擠壓。等紅燈時，他的手自然順勢撫摸她的大腿或小腿，彷彿往復摩挲會出現精靈。

自從她開始約炮，手機就像神燈，召喚出一具具前來互相布施的肉身。有次號稱在某大學工作的熟男跟她說，科技這玩意兒，以前不是有句手機廣告詞嗎，始終來自於人性，說得不錯。因為提高效率，好比說，我做這約炮軟體的田野調查經驗，就顯示現代人比起以往更快速、方便找到發洩欲望的夥伴。這個呢，跟我們所在的高倍數網路時代是一體的，人們面對超大量的資訊海，快速接觸許多訊息，也快速穿過訊息，接著就是形成記憶殘片。加上天天遭到大量訊息沖刷，難以回頭追溯，漸漸造成人們追求欲望的立即滿足。所以你傳即時訊息就希望對方即時讀取、回應；你網路購物下單就希望盡早拿到東西；你欲望起來了，就想要馬上獲得解決。人類文明的進展就是不斷縮減、消除等待時間的過程。她聽著這些話的時候，正躺在熟男底下，心想這人話真多啊。

她確實感受到熟男說的理論，找到一個專屬的受眾市場（沒想到豐乳肥臀真受歡迎）。跳過那些扭捏、試探的應對流程，不需花時間溝通心靈，直接裸裎相見，探測感官的靈敏度。她時常打開體內的任意門，開放來人參觀，任憑機遇領她到訪不同景觀。

第一號男人準時在晚上九點抵達房間。一號說自己是第一次，她也說自己是第一次。一號進浴室脫衣沖澡，出來看她已經圍著浴巾，他看看她，她看看他，接著他將雙手放上她肩膀，撩起她肩上長髮，撥到耳後，親吻起她的頸子、耳垂和下巴。她的手臂肌膚浮起興奮的疙瘩。浴巾敞開，一號迅速疊上她，衝刺起來，一會就結束了。她甚至覺得還沒開始。一號嘆息，喃喃著對不起和謝謝，自顧自進了浴室。他著裝完畢，道了新年快樂就離開。她躺在床上，對照自己的鏡像。剛才的經過，像一場簡短的夢，她抓起手機，還不到十點。出師不爽，她擔憂起今晚的接力計畫是否就這樣沒戲了。幸好有帶上玩具。她就這麼看著電視轉播的跨年演唱會，讓玩具鑽探自己。

玩具是姊妹淘今年送的生日禮物。女生們的聚會某次聊到性的話題，意外聊得特別深入。那時她聽著其他人的經驗，多少有點「原來是這樣呀」的感悟。有人說超討厭男友運動完滿身汗味跟她做，問男友為什麼，竟然回說每次運動過後就性致高昂，像以前那個拳王泰森，據說每次比賽完都要做。大家嗤笑，勸說別太順著他不然不會珍惜啦。有人說自己男友大概都跟A片觀摩學習，老是要拿那些網購的玩具一起玩，也不是說不好，但每次都拿玩具助興，總覺得哪裡怪怪的。有人說起自己上交友軟體的經驗，跟幾個床伴開過房。她聽著朋友描述那些細節，跟著嘻嘻笑，沒人想到要問她的經驗。後來，姊妹淘說，妳阿娜達當兵去了，應該很寂寞吧，偶爾用這個紓壓不錯喔。她打開禮物包裝時，不至於不高興，多少有點覺得自己的欲望似乎矮人一等。她想哼妳們這些瘦婊子，有人敢玩得比我大嗎。

二號是之前見過幾次的熟男。他提了滷味和罐裝啤酒進房，先說來來來，吃宵夜。熟男嘮叨起最不喜歡這種跨年節慶了，外頭到處都是人，買個滷味也要等上幾十分鐘。她記得熟男說過自己剛離婚，小孩跟媽媽，所以早先約跨年，他爽快答應。滷味吃完，收拾好，他們隨即展開正事。很快把握到彼此的敏感帶，暢快走完流程。熟男照例要發抒近日感懷。他拿起手機，放了首歌，簡單的吉他和弦伴奏，抒情捲舌腔唱著：「妳用含過別人雞巴的嘴說愛我／我用舔過別人咪咪的嘴說要跟妳結婚」熟男說這首中國民謠似乎在學生間滿流行。他認為除非是初戀結婚而且從不出軌，不然這世界誰不是如此。可是男人就在意這種事，用他們年輕人的話來說，就是很中二。她靜靜聽，心裡想的是，男友舔過多少人的咪咪呢。熟男說，來，今晚特別，我們做了去年最後一次，不如我也把新年的第一次獻給妳。熟男吞了半顆藍色小藥丸，比平時賣力、持久地完成第二次。她覺得下面摩擦得有點腫脹，進浴室沖洗。出來時，熟男穿戴完畢，看了看時間說，差不多了，我看妳接下來還有安排吧，下次再約。

她刷開手機查看訊息，發現三號說提早到了在門外。果然擡頭看到熟男打開的門縫間露出三號的臉。三人瞬時無語。握著門把的熟男把門打得更開，讓三號進房，自己閃身出去，輕輕掩上了門。三號和她一時不知所措。從空白的幾秒鐘掙脫出來，她擠出話要他先去沖一沖。

她等他洗澡，隨即進入作戰狀態。激烈動作中，想起方才聽的民謠（她想到自己就可以舔到身上的咪咪）。三號在讀研究所，成天窩研究室跑實驗，約炮倒是隨傳隨到，以後應該會是個很耐操的科技業工程師。三號完成第一次，問她剛才是什麼情況。她遮著臉說，是朋友。三號說，大家都是出來玩的，我可以理解。不過今晚是有特殊安排嗎？她訥訥說，就好奇連續兩個會怎樣。三號問，你們剛剛做了幾次？她無法正對他的視線，低著頭，舉起YA的手勢。於是三號奮力在兩小時內達陣三次。三點鐘，三號說還得回研究室一趟，要她再休息一會。臨走前，三號對她說，如果有需要，隨時都可以找他。就算約吃飯、看電影都好。他看到訊息一定會馬上回。她點點頭。一等三號離開，她立刻抓起手機查看下一個有沒有來訊。結果四號的訊息從幾天前約好時間後，再沒有後續確認。她嘔氣自己幹嘛安排得那麼緊，完全沒考慮到提前或遲到的狀況。那種前後時段撞見交棒的尷尬，可真不想再發生一次。而且跑完三棒，她有點擔心下面真的會磨到破皮。

最後皮是沒磨破，只是走路時大腿摩擦中夾雜著隱隱的腫痛感。回到家以後，什麼也不想，脫掉外出服，砰然睡去。她從無夢的深睡裡，被一隻潮溼的舌頭喚醒，昏暗的室內沒點燈，接著感到身上的壓力，是放假回來的男友。他們透過彼此的肉熱烈交談，擠壓變形的肉快速抖動，波浪狀的欲求起起伏伏，男友握住她兩隻圓滑的手腕，交叉著凸顯出高速震盪的柔軟。男友說，怎麼這麼沒精神，身體不舒服嗎。她擦拭著下身，昏沉回答嗯就覺得有點累，那裡有點痛痛的。男友查看，好像有點紅紅腫腫的，對不起，剛才太粗魯了。她說，我再睡一下喔。

再醒來時，她瞥見漆黑的房內，男友坐在桌前背對她，正在嚕管。桌上的電腦螢幕填滿畫質低劣的肉色。她故意等到男友即將發射之時，大喊：「大箍呆在創啥！」把男友嚇得跌落椅子。她嘻嘻哈哈瘋笑，跟男友在床上滾來滾去，作勢扭打。元旦晚餐，他們一起到附近的超市買食材，回家煮火鍋。她邊咀嚼口中的魚丸，邊想著哇一天跟五個人做耶。再這樣下去，搞不好過一陣子統計起來，見識過的男人都可以坐滿一輛公車了。她偏著頭想像自己坐在那公車上，在規律擺動的拉環底下，從司機到每個乘客，都曾穿過她身體的門前往另個所在，奔馳在溫潤的快意中。他們躺回床上看電視，她伸頭靠在男友的大肚腩上，食指在肚皮畫圈圈。男友伸手搓揉她的胸部，數著還要一百多天才能退伍。她同時想著這種偷吃日子也將隨著男友退伍而結束了。

她臉頰貼著男友柔軟的肚皮說，欸，要是我不乖，你會怎樣？男友說，怎樣不乖，不乖的話我就這樣——他捏著她的胸部，對著乳頭喊話：混蛋，現在奶子是誰在吸啊！她笑嘻嘻推開男友，唉唷很不正經耶你。

評論

Baroque

潘怡帆

巴洛克
B
字母會

如果波赫士（Jorge Luis Borges）的迷宮是出人意料之外的直線，那麼，童偉格字母B裡的迷宮則是記憶蒸發的啟動故事。希臘工匠代達羅斯（Daedalus）以無數層疊的摺曲與轉向困住半人半牛的怪物彌諾陶洛斯（Μινώταυρος），迷宮（λαβύρινθος）於是成為最繁複而難以離開的監獄。波赫士以直線迷宮困住代達羅斯的迷宮，以迷宮中絕對沒有的「筆直不曲」構成迷宮的最大謎題，癱瘓迷宮必然摺曲的邏輯，「直達出口」的迷宮不再是迷宮的解答，而是摺曲迷宮無法破解的迷宮。童偉格的迷宮既非路線迂迴，也不刁鑽，而是路線的逐步清除，因為可循原線折返的退路「一個個依序風乾，如道途隱沒，直追到我眼前時，令我呀然的永不抵達」。這因此是《漢賽爾與葛麗特》（*Hänsel und Gretel*）的迷宮。出於饑餓，漢賽爾與葛麗特的父母必須把他們遺棄在森林裡，為了不迷路，小兄妹沿途灑麵包屑記憶路線，然而麵包屑卻被森林裡的動物吃得半點不剩，不復記憶的路線使迷宮原初的邊界開始移動。迷宮的大小不再是從家到森林深處的小徑分岔，因為構成迷宮條件的圈限與逃逸之線已被消除，迷宮開始收縮倒退到漢賽爾與葛麗特的跟前，他們成為自己的迷宮，成為在開放森林（非封閉空間）中無法離開的小孩。監禁他們的並非森林，而是不能記憶來時路的絕望（他們是為了被拋棄而來的），他們與其說是出不去的受困，毋寧更接近拋棄記憶，以便重寫故事。唯有遺忘才能築起糖果屋，角色互換地成為計謀的策畫者，恣意狙殺那總是饑餓又讓孩子不停做家事的巫婆（或父母？）。唯有遺忘「線」的構造，童偉格才能重調迷宮的「直線」維度，續接波赫士在〈阿萊夫〉（Aleph）中，以「原點」打造無限空間的另一重迷宮。阿萊夫的無限迷宮是從無窮收縮的「只剩原點」處收攏360°世界的「無窮大」，它既是眾相終歸的終點，也是散射眾相的起點，是摧毀所有摺曲的筆直線，也是構成直線迷宮的所有摺曲。在阿萊夫的空間裡，共時存在的直線與摺曲由於描述的先後次序形成看似不斷相互倒置／導致的迷宮，如同童偉格小說裡，那分不清究竟是先生病，或先離家出走的小孩，使關於他的故事，以銜尾蛇的方式無限倍增（他可能這樣那樣……因為這樣那樣……結果這樣那樣……）：「他獨自在無天無地中爬行，臭氣烘烘爬出了一個自我的世界。」小孩卡陷在既非開始，亦非結局的夾縫，以便能重複編造自我的故事迴路。如同小說敘述者致信給眼鏡行的理由，為了告別那被鏡片修復的視力，那稜角分明而毫無搖曳線條的視覺，以便重回那被砂眼藥膏黏滿眼眶四周的模糊之境，各個視點放大縮小的相互異質與互動，使世界鮮活起來，通過那既是同一也化作無數的景觀。告別因而成為重新啟動，鬆開記憶的繩索，裂解成無數個故事原點，重新演出巴洛克的節奏。

敘述者「我」與主任對望，認出彼此眼中「絕對的燃燒」，在小說尾端胡淑雯啟動了巴洛克式的鏡像纏繞，使原本狀似不互通的平行故事蛻成相互傾斜的二重奏。小說伊始，瘋狂的是主任，是報社，是在小麵店遇見的上班女郎，他們在自己定義的世界裡自嗨。然而，隨著故事發展，敘述者逐漸被捲入瘋狂之中，她在辦公室裡咆哮，向副總揭露了主任對她的瘋狂愛慕，卻赫然發現自己的瘋狂史在更早前，已遭主任與同事雙雙指證。小說由是從他人的瘋狂轉變成敘述者個人瘋狂的無限鏡像，在他周遭的眾人無一正常，主任的戀愛狂、副總的故事狂，與眾人對瘋狂趨之若鶩競相觀賞的瘋狂……，他們其實是敘述者昔日病史的復發，集體發作著原屬於敘述者的瘋狂，如同世間百態始於同一種根源。胡淑雯通過瘋狂者的身分錯位（是誰發瘋了？），使小說中的瘋狂全面啟動，所謂的「正常」淪為只是在「未告發」或「未診斷」遮掩下的另一種瘋狂，如同站在哈哈鏡面前凝視著不像自己的「其實還是自己」。而也正是在群魔亂舞間，敘述者陡然發覺自己未曾從瘋狂中獲釋，如同卡夫卡〈致某科學院的報告〉中從未取得自由的人猿。人猿尋找離開牢籠的出路，而非自由，牠的自由是恢復獸性，牴觸離開牢籠的可能性，因而牠學會擺出人的理性，以便離開牢籠，以另一種形式（從馴養的小母猩猩那裡）延續獸性。敘述者從他人的瘋狂中發現瘋狂從未離去，而是以另一種形式不斷地繁衍與延續，如同從巴洛克摺曲中攤展出來的永遠是另一摺曲的再摺入。

駱以軍的字母B是事件發生後對事件的「回放」，它源自於對事件的震驚與無法想像。如同飛機撞上雙子星大廈的須臾，事件只在眨眼之間，它過分短促與內容空缺（不知道發生什麼事）導致思考癱瘓，使任何分析都無法附著在這炸開卻無從爬梳的空洞凹缺裡。事件破壞日常，使人從習以為常的低頭垂腦中再次因震驚而仰望。有別於日常的形塑，「使日常不再」的事件摧毀任何可因循或辨識的足跡，把人推上斷崖的無路可逃與無「識／事」可見。事件因此總是事件的不可思考。因為思考只能朝向存在而非不存在之物，而事件卻是絕對的無（已知或已認識的）內容可想。為了認識缺席的事件，只能對事件之前的所有景觀反覆重建與一再模擬，如同從撞上大廈的瞬刻，把時間往前「回放」十分鐘、一小時或三天前，相關人事物的各種動態彷彿事件的輔助線，向著事件發生的方向傾斜，也通過對事件規模的丈量，蛻成它最終被具體記憶的模樣。弔詭的，違反日常的事件被填裝上最日常無奇的生活：正因為日子如此尋常，以至於突如其來的事件顯得格外地非比尋常，正因為事件已遠遠超出任何可思考之外，它總已是思想的空缺，人唯一可做或能做的，就是向它無限度地投入更多更瑣碎的各種細節。這正是發生在駱以軍小說裡的情形，藥劑師的一句「你還不知道發生了什麼事吧？」不明就裡地炸出一個「尚未被命名」的事件的漆黑窟窿。毫無頭緒的敘述者，因而開始地毯式地回放生活中的種種細節，使「不知道發生什麼事」的事件像黑洞般，大口大口地吸入敘述者抽絲剝繭的各種線索：彩券行老闆熱油油的臉上扭曲搖晃著一層透明的不安、愈來愈封閉在臉書世界的敘述者看不見洶湧殘酷的電子報世界……，原本習以為常的世界突然像「貼上了金箔一般閃閃發亮」。事件的古怪在於，再多日常的積累也無法蛻成事件，因為日常與事件根植於「形成」與「破壞」間無可跨越的一刀兩斷，更多日常的積累只能將事件一片漆黑的坑洞填平回日常，而非事件的還原。因為事件做為思考的不可能性，對一切缺席，然而除此之外，認識事件別無他種方法。對日常各種細節的「回放」，只能追索回事件的擬像，那是「假裝看上去那麼回事其實不是那回事」的總已是另一件事。如同敘述者透過檢視「偽集郵冊」中幾可亂真的假郵票，回憶起真郵票，卻又對如此違反古典秩序的「秩序佯裝」感到無比憤怒。「偽造」使假郵票既非真郵票，亦非假郵票，假郵票的存在是為了成為「非它之物」的真郵票，「背反自身」的存在使它脫離日常思考，蛻成意義未明的「事件」。由是，「回放」日常如同「偽集郵冊」使事件開始發生，有別於「既在卻未知」的事件，它「總已是另一」事件的誕生。為了未知事件而被「回放」的日常無法還原出該事件，因為「未知」無從形構或偽造，被反覆回放的日常只能是該事件的「不是」。然而，經由重複爬梳與不同部位的一再放大或縮小，日常不再能是原來的日常，而成為另一件有違日常（非日常的時間、速度與大小比例）的嶄新事件。因而，「回放日常」確實造就事件，它把日常摺曲成巴洛克式的「在事件之前」的事件。

顏忠賢的字母B由一連串的缺漏（lacune）譜曲。缺漏構成絕對的完美，任何實踐式的完美皆有界限，以具體形象呈現的完美無法符合眾人心目中的「完美」，康德（Immanucl Kant）與薩德（Marquis de Sade）對完美觀念就有完全不同的判斷。然而，缺漏卻弔詭地使人人皆能感受完美，如同斷臂維納斯（Vénus de Milo）與勝利女神之翼（Νίκη της Σαμοθράκης）的殘件被視為絕對完美的化身。並非它們的殘缺即是完美，而是通過缺漏的可感，使人萌生絕對完美的形象，那無疑是最極致的完美，既能因人而異的順應眾願，也能眾望所歸地成為無人可挑剔的絕對完美。如同顏忠賢小說中每一個精心策劃的排練與無止盡的紕漏百出（SM秀演出的一直出差錯，失控的表演成為最連貫的劇情展演），極其嚴肅地宣稱與實質的落差（聲稱扮演「危險分子」的女王N，臉上表情卻一點都不危險地邊說邊笑，黑色馬甲只妝點出性感而非變態），言行不一的一再錯亂（鞭子變成手機吊飾、麻繩變成中國結的紅絲線）……化身為荒謬劇的SM秀，迫使敘述者錯愕又著急地陷入對SM應當所是的無盡夢囈，成為對此最渴望的重度沉迷者，不斷幻想著應當更變態、更傷害、更致命、更殘酷，甚至更亢奮……。這便是《索多瑪一百二十天》（*Les Cent Vingt Journées de Sodome*）以條列式書寫結尾所給出的最大啟示，當任何鉅細靡遺的細節雕琢已無法承載或抵達更高層次的虐戀（SM）時，簡陋的提要便經由充滿缺漏的裂縫滋養出更豐沛與難以預料的想像，無止盡地綿延虐戀，甚至成為跨越時空的繼續進行式。而這也是顏忠賢透過「紙娃娃」的故事給出的思考，紙娃娃的盛宴不來自於女王S的精心策畫：「放在燈下的暈黃光線裡，用好長好長的時間把她們和她們所有的美麗行頭都展開，……就像是撐起了一個最夢幻的時裝秀場的現場，一個當季最潮名牌的櫥窗，一個無比時尚的最引人注目的展覽，就在鎂光燈閃起光澤渲染到全城的無比放大又聚焦，令人無法逼視地華麗」，而在於夜裡娃娃們的覺醒。它們「伸出許多隻小手，發出咿咿呀呀的恐怖聲音，低聲但是淒迷而籠罩，像是一群不明生物或亡靈……一群紙娃娃們占據客廳開會，突然全部轉頭直瞪著我」。那些被玩到黑黑髒髒又東補西破的娃娃們，從身體的每個缺漏處長出更巨大也更全面的想像，將女王S包圍其中，她不再是自己舞臺的主宰者，而是《格列佛遊記》（*Gulliver's Travels*）裡被小人釘綁於地上的待宰者。通過獵殺完美的規畫，才能從缺漏中釋放出更無法測度的想像，因此，娃娃「高高地舉起她手裡的刀，就往我（女王S）眼睛插」。驚覺「死定了」的意象卻突如其來地（或說是再次）錯接上月經「鮮紅的血就從我的雙腿流下，像發生命案一樣地誇張，大量而濃稠」，那湧現的經血既是對（卵子）死亡的示意，也是對生命（具備生育能力）的詠贊，象徵性地指向從缺漏中源源不絕，延續歡愉的無限生機。

陳雪的字母B施展了障眼法魔術，讓一切觀看一再跑錯位地成為「日蝕式」的消失不見。日蝕式的「看不見」有別於刪除或去掉，它是被遮蔽的不可見，而非徹底消失，是遮蔽後面的總有什麼，而非空無，是「無法看見卻其實有」的在場，而非不在場，是「只見圍觀群眾」的「有事件」，而非事件消失。日蝕因而是從遮蔽中誕生的另一種視覺，「蝕」的視覺不發生在看見什麼，而是從「看不見什麼」中開始看見。有別於看見什麼的看，「看不見」之見是視線的無遠弗屆，「遮蔽」阻擋視線，也阻擋了視線的界限，它因而使視覺成為「無所不看」的全面啟動，以反覆吆喝「我要看」撐出觀看的極大值。盲眼按摩師林師傅的眼盲不是出生帶來的，而是被詛咒的，他認識「瞎」遠早於雙眼，在祖傳的血脈與父親眼盲的歲月裡，他已不見「自己的看見」，眼中只有「盲」，只有遮蔽「看見」的「蝕」的視覺。林家的眼盲不是一個接著一個「抓交替」的輪換，而是基因病變於一瞬，將整個家族命運的指針撥往另一邊的「看不見」之途，如同敘述者、父親與祖輩以

「盲目」搶先於「眼瞎」的應驗詛咒，標誌著林氏血液裡的正統。於是，演繹「瞎」，肩負著家族最絢爛也最尊貴的使命，傳子不傳女，單傳而不授他人，林家的男人被百般呵護著，以便延續這條「燙金刷銀的」盲途。瘋狂收集的金貴、稀有、鎏金、鑲玉鏤鑽、世界奇寶與奇景堆砌成滿腦子只有「看不見」的盲目之觀，將「看見」一一調校成「看不見」的視線，而當「日蝕到了盡頭，天地徹底暗了」的眼睛須臾，盲目本該因「終於等到它的宿命」而陷入死寂，卻奇異地被「看不見」之見切換到過度曝光的視覺世界，開始看見。林師傅彷彿百眼巨人阿爾戈斯（Ἄργος），從過去什麼都看不見開始一一看見：貼合在按摩客人鍾小姐每一吋肌膚上的「手指手心手掌手肘」化身為上百隻眼睛，逐漸「看見」他過往世界裡的母親、姊妹、女友與酒家小姐「曉楓大美小冬春花秋月芊芊青青細細云云，莎莉麗莎金姐羅妹美麗美秀美花美雲，春夏秋冬梅蘭菊竹，小家碧玉，大家閨秀，黑美人，金絲貓，肉彈巨乳，清麗脫俗。女人在他盲的眼睛裡如核爆，炸開了世界」。眼盲的

「看不見」錯位成解除時空限定的「一直看見」，失明的咫尺盡頭倏然攤展出無數個璀璨世界，兒時、高中、大學……光亮亮，黃澄澄地不斷湧向他，無論睜眼或閉眼都逃不開的被迫看與一直看。林師傅在眼瞎的同時被封進一個永恆「看」的迷宮裡，像不停重來的輪迴，一次次重播著家族詛咒與一步步踏上盲途的宿命，無法阻止且前仆後繼地繞行著盲的原點。陳雪於是在如此貧瘠的一片漆黑中，上演了一齣永無止盡絢爛的海市蜃樓：關於「看不見」的巴洛克。

黃崇凱的字母B以巴洛克式的展演逆襲陳套（cliché），巴洛克挑釁古典均衡，通過不斷摺曲、凹摺、盤捲與堆疊傳統美學的均衡線條，它創建了自身的體系。然而，以運動和轉變構成的巴洛克景觀是「不可追隨」的體系，在任何因循發生以前，它早已預先轉向、掉頭或歧行……。它因此對一切「應該、理當、必須與必然」展開逆襲，綻放世上「不應當、不該或不可能」存在的荒地狂花，以破壞規矩撐開世界的另一重維度，如同黃崇凱筆下的少女以一天之內連續五次性愛，擊破所有從外貌萌生的陳套觀念。表面上，少女安於所有「胖」的世俗評價，乖巧、靈活、人畜無害、善於傾聽、盡責陪伴，她「大箍，遮大欉」，如此醒目，卻總是在其他少女們進入熱門話題時，瞬間成為無人聞問的隱形人。狀似枷鎖的評價之於她弔詭地造就了絕佳的天然偽裝。因為被判定毫無吸引力，「毫無吸引力」成為她所到之處與所為之事的自動詮釋，對「胖」的既定思想，使人對少女的日常不感興趣，「無趣」使她獲得毋須向任何人報告、負責或解釋的絕對豁免權，成為她不斷汲取「不存在時間」的豐沛泉源，用以施行任何在既定思想中「不可能存在」的瘋狂冒險。在「胖」的掩護下，她蛻成不存在的時間與空間，誠如小說所言：「一座任意門」，引領著任何人通往任何之處，她不是少女A或少女B，瘦少女或胖少女，而是非典型的少女X，遊走在舔腳趾、世故、中二、縱欲或天真爛漫的千變萬化之間，成為那最完美的，也是尚未成形的

「女人未滿」，亦即所有人想像裡的女孩。如是，黃崇凱以絕對自由的少女姿態渡換「胖」的意義，如同對文學威力的宣告，因為文學的目的正在製造騷動，使遍處成故事，使日常不在，文學即巴洛克，顛覆約定成俗的秩序，使每一個習以為常的字眼重新成為原有意義的「例外狀況」。

黃錦樹的字母B指向「遲到的」（belated）概念，然而，我們也不妨檢視其中的「巴洛克」（字母B）元素。手提箱裡裝載著時間的青年，遲遲不出現，他的延宕使小說裡的時間無法順利地前往下一刻鐘，而只能把等待凹摺成時間的消失。等待的時間是不存在的時間，它不存在於鐘錶的任何刻度，換言之，物理的時間中不存在等待，因為時間的刻度大小相同，指針無比均勻地前行。被等待延展的時空因此是時間的例外狀態，約定的那一刻鐘被不斷往後延宕，多出的時間陷入閒置狀態，如同被卡關的遊戲，角色永恆被滯留在同一段反覆裡。如同小說對遲到青年的描述始終模糊不清，跳針在危險、恐怖、猶太、華裔、年少或年老等曖昧敘述的層疊，沒有更進一步的消息，或更精確的細節，因為等待是無止盡的不精確，其固執地被延宕成尚未到來的一刻鐘。也是如此大量，卻無出口或無法區辨描述的層層積累，使小說從原本對青年的嚴陣以待與懼怕，弔詭地轉向強烈的引頸企盼：從無盡等待中察覺到「時間被他偷走了」的世界，開始盼望青年的歸來。帶著時間箱子的青年於是成為《浦島太郎》（うらしまたろう）的另一種版本，有別於浦島太郎遊歷龍宮的奇幻旅程，黃錦樹更聚焦於世界對遲來青年的等待狀態，通過等待使時間停滯不前地一再反摺回青年將臨之前的三個小時、一年、七個月……，時間的厚度不斷積累，直至小說尾聲的終於開箱，使「時間開始了」，在此之前的所有時間刹那出柙。瞬間，我們得知，原來所有遲到、推遲與延宕的蓄勢待發，無非為了此刻能傾瀉出巴洛克般的壯麗節奏。

作者簡介

◉策畫

楊凱麟

一九六八年生，嘉義人。巴黎第八大學哲學場域與轉型研究所博士，臺北藝術大學藝術跨域研究所教授。研究當代法國哲學、美學與文學。著有《書寫與影像：法國思想，在地實踐》、《分裂分析福柯》、《分裂分析德勒茲》與《祖父的六抽小櫃》；譯有《消失的美學》、《德勒茲論傅柯》、《德勒茲，存有的喧囂》等。

◉小說作者（依姓名筆畫）

胡淑雯

一九七〇年生，臺北人。著有長篇小說《太陽的血是黑的》；短篇小說《哀豔是童年》；歷史書寫《無法送達的遺書：記那些在恐怖年代失落的人》（主編、合著）。

陳雪

一九七〇年生，臺中人。著有長篇小說《摩天大樓》、《迷宮中的戀人》、《附魔者》、《無人知曉的我》、《陳春天》、《橋上的孩子》、《愛情酒店》、《惡魔的女兒》；短篇小說《她睡著時他最愛她》、《蝴蝶》、《鬼手》、《夢遊1994》、《惡女書》；散文《像我這樣的一個拉子》、《我們都是千瘡百孔的戀人》、《戀愛課：戀人的五十道習題》、《臺妹時光》、《人妻日記》（合著）、《天使熱愛的生活》、《只愛陌生人：峇里島》。

童偉格

一九七七年生，萬里人。著有長篇小說《西北雨》、《無傷時代》；短篇小說《王考》；散文《童話故事》；舞臺劇本《小事》。

黃崇凱

一九八一年生，雲林人。著有長篇小說《文藝春秋》、《黃色小說》、《壞掉的人》、《比冥王星更遠的地方》；短篇小說《靴子腿》。

黃錦樹

一九六七年生，馬來西亞華裔，一九八六年來臺求學。著有短篇小說《雨》、《魚》、《猶見扶餘》、《刻背》、《南洋人民共和國備忘錄》、《土與火》、《烏暗暝》、《夢與豬與黎明》；散文《火笑了》、《焚燒》；論文《論嘗試文》、《華文小文學的馬來西亞個案》、《文與魂與體》、《謊言或真理的技藝》、《馬華文學與中國性》等。

駱以軍

一九六七年生，臺北人，祖籍安徽無為。著有長篇小說《女兒》、《西夏旅館》、《我未來次子關於我的回憶》、《遠方》、《遣悲懷》、《月球姓氏》、《第三個舞者》；短篇小說《降生十二星座》、《我們》、《妻夢狗》、《我們自夜闇的酒館離開》、《紅字團》；詩集《棄的故事》；散文《胡人說書》、《肥瘦對寫》（合著）、《願我們的歡樂長留：小兒子2》、《小兒子》、《臉之書》、《經濟大蕭條時期的夢遊街》、《我愛羅》；童話《和小星說童話》等。

顏忠賢

一九六五年生，彰化人。著有長篇小說《三寶西洋鑑》、《寶島大旅社》、《殘念》、《老天使俱樂部》；詩集《世界盡頭》，散文《壞設計達人》、《穿著Vivienne Westwood馬甲的灰姑娘》、《明信片旅行主義》、《時髦讀書機器》、《巴黎與臺北的密談》、《軟城市》、《無深度旅遊指南》、《電影妄想症》；論文集《影像地誌學》、《不在場——顏忠賢空間學論文集》；藝術作品集《軟建築》、《偷偷混亂：一個不前衛藝術家在紐約的一年》、《鬼畫符》、《雲，及其不明飛行物》、《刺身》、《阿賢》、《J-SHOT：我的耶路撒冷陰影》、《J-WALK：我的耶路撒冷症候群》、《遊——一種建築的說書術，或是五回城市的奧德塞》等。

◉評論

潘怡帆

一九七八年生，高雄人。巴黎第十大學哲學博士。專業領域為法國當代哲學及文學理論，現為科技部人文社會科學研究中心博士後研究員。著有《論書寫：莫里斯．布朗肖思想中那不可言明的問題》、〈重複或差異的「寫作」：論郭松棻的〈寫作〉與〈論寫作〉〉等；譯有《論幸福》、《從卡夫卡到卡夫卡》。

字母 03

字母會B巴洛克

作者——楊凱麟、童偉格、黃錦樹、駱以軍、陳雪、胡淑雯、顏忠賢、黃崇凱、潘怡帆

總編輯——莊瑞琳
責任編輯——吳芳碩
協力編輯——盧意寧
行銷企畫——甘彩蓉
封面設計——王志弘
內頁設計——張瑜卿
排版——宸遠彩藝

社長——郭重興
發行人兼出版總監——曾大福
出版——衛城出版
發行——遠足文化事業股份有限公司
地址——二三一四一 新北市新店區民權路一〇八－二號九樓
電話——〇二－二二一八一四一七
傳真——〇二－八六六七一〇六五
客服專線——〇八〇〇－二二一〇二九
法律顧問——華洋國際專利商標事務所 蘇文生律師
製版——瑞豐電腦製版印刷股份有限公司
初版——二〇一七年九月
定價——二八〇元

國家圖書館出版品預行編目資料

字母會B巴洛克 / 楊凱麟等作.
－初版.－新北市：衛城出版：遠足文化發行，2017.09
面； 公分.－(字母；03)
ISBN 978-986-95334-1-6(平裝)
857.61 106014556

ACRO POLIS 衛城

字母會 FACEBOOK

填寫本書線上回函

● 親愛的讀者你好，非常感謝你購買衛城出版品。
我們非常需要你的意見，請於回函中告訴我們你對此書的意見，
我們會針對你的意見加強改進。

若不方便郵寄回函，歡迎傳真或EMAIL給我們。
傳真電話——02-2218-8057
EMAIL——acropolis@bookrep.com.tw

或上網搜尋「衛城出版FACEBOOK」
http://www.facebook.com/acropolispublish

● 讀者資料

你的性別是 □ 男性 □ 女性 □ 其他

你的職業是 ______________ 你的最高學歷是 ______________

年齡 □ 20 歲以下 □ 21-30 歲 □ 31-40 歲 □ 41-50 歲 □ 51-60 歲 □ 61 歲以上

若你願意留下 e-mail，我們將優先寄送______________衛城出版相關活動訊息與優惠活動

● 購書資料

● 請問你是從哪裡得知本書出版訊息？（可複選）
□ 實體書店 □ 網路書店 □ 報紙 □ 電視 □ 網路 □ 廣播 □ 雜誌 □ 朋友介紹
□ 參加講座活動 □ 其他 ________

● 是在哪裡購買的呢？（單選）
□ 實體連鎖書店 □ 網路書店 □ 獨立書店 □ 傳統書店 □ 團購 □ 其他 ________

● 讓你燃起購買慾的主要原因是？（可複選）
□ 對此類主題感興趣
□ 覺得書籍設計好美，看起來好有質感！
□ 議題好熱，好像很多人都在看，我也想知道裡面在寫什麼
□ 其他 ________
□ 參加講座後，覺得好像不賴
□ 價格優惠吸引我
□ 其實我沒有買書啦！這是送（借）的

● 如果你覺得這本書還不錯，那它的優點是？（可複選）
□ 內容主題具參考價值 □ 文筆流暢 □ 書籍整體設計優美 □ 價格實在 □ 其他 ________

● 如果你覺得這本書讓你好失望，請務必告訴我們它的缺點（可複選）
□ 內容與想像中不符 □ 文筆不流暢 □ 印刷品質差 □ 版面設計影響閱讀 □ 價格偏高 □ 其他 ________

● 大都經由哪些管道得到書籍出版訊息？（可複選）
□ 實體書店 □ 網路書店 □ 報紙 □ 電視 □ 網路 □ 廣播 □ 親友介紹 □ 圖書館 □ 其他 ________

● 習慣購書的地方是？（可複選）
□ 實體連鎖書店 □ 網路書店 □ 獨立書店 □ 傳統書店 □ 學校團購 □ 其他 ________

● 如果你發現書中錯字或是內文有任何需要改進之處，請不吝給我們指教，我們將於再版時更正錯誤

請沿虛線剪下

廣　告　回　信
臺灣北區郵政管理局登記證
第 1 4 4 3 7 號

請直接投郵•郵資由本公司支付

23141
新北市新店區民權路108-2號9樓

衛城出版 收

● 請沿虛線對折裝訂後寄回，謝謝！

ACRO POLIS 衛城出版